아름다운 순환

아름다운 순환

1판 1쇄 발행 | 2022년 11월 15일

지은이 | 송보영
발행인 | 이선우
펴낸곳 | 도서출판 선우미디어

등록 | 1997. 8. 7 제305-2014-000020
02643 서울시 동대문구 장한로12길 40, 101동 203호
☎ 2272-3351, 3352 팩스: 2272-5540
sunwoome@hanmail.net
Printed in Korea ⓒ 2022. 송보영

값 13,000원

※ 이 책은 충청북도 충청북도, 충북문화재단 충북문화재단 문화예술육성지원사업의
   지원금으로 발간되었습니다.

※ 잘못된 책은 바꿔 드립니다
※ 저자와 협의하여 인지를 생략합니다.

ISBN 978-89-5658-718-9 03810

아름다운 순환

송보영 수필집

선우미디어

책을 내며

또다시 가을입니다.

생의 막바지를 지나는 동안 수많은 계절이 내 안을 훑고 지나 갔습니다. 더러는 알곡을 거둘 때도 있었고 때로는 알곡보다 쭉 정이가 많아 가슴 아린 날들도 있었습니다. 나름대로 생의 기본 원칙을 벗어나지 않으려 애써온 날들이었지만 삶의 뒷면을 돌아 보면 벌레 먹은 흔적들이 많은 것 같아 아쉽습니다.

삶이라는 게 늘 그렇듯 글 밭을 가꾸는 일도 여의찮습니다.

누군가의 마음에 닿는 글 한 편 쓰고 싶다는 목마름으로 글이 되지 못한 채 내 안에 맴돌고 있는 문장들을 끌어안고 마음은 시 시때때로 바장입니다. 문장이 여물어 글구멍이 꽉 차야 함에도 앎이 부족해 구멍이 헐거워 전전긍긍할 때가 참으로 많습니다.

글의 온도가 너무 차가워 읽는 이의 가슴에 닿지 않은 적은 얼마나 되는지, 글의 온도가 너무 뜨거워 화상을 입힌 적은 없는지 되돌아보게 됩니다.

소소한 일상에서 건져 올린 삶의 편린들을 모아 보았습니다. 여전히 부끄럽습니다.

2022년 가을에

저자 송보영

차례

2 생生과 사死의 행간에 대하여

1

거멀못

고샅은 기억의 저장고다.

오래전 지난 일도 기억하고,

앞으로 다가올 일들도 품을 것이다.

그리 살아내다 보면 더 많은 이야기가 쌓여가고

정든 고샅이 그리워 찾아오는 이들에게

그들이 잊고 있었던 오래된 이야기를 돌려주며

함께 울고 웃을 거다.

-본문 〈고샅〉 중에서

고샅

새벽이 열리는 시간, 고샅으로 나선다. 처음 온 길이지만 왠지 낯설지 않다. 작은 길을 되돌아 나와 이웃하고 있는 또 다른 고샅을 걷고 좀 전에 걸었던 길을 다시 걷는다. 몇 번을 되풀이해 걸어도 전혀 지루하지 않다. 왜였을까.

저물녘 예약된 숙소로 가기 위해 낯선 동네 앞 작은 길을 지나려는데 차창 밖으로 보이는 고샅길이 마음을 흔들어댔다. 오래된 기억들이 소환되기 시작했다. 어릴 적 내 삶의 언저리에서 보았던, 사람 사는 이야기들로 가득할 것 같은 고샅을 걸어보고 싶어 밤잠을 설쳤다. 얼기설기 되는 대로 쌓은 것 같으면서도 단단히 결속돼 있으면서 수십 년을 살아낸 돌담들이 품고 있는 숱한 삶의 소리가 듣고 싶었다. 온몸을 돌담에 기댄 채 고샅과 이웃하며 살아가는 담쟁이들의 이야기도 궁금했다.

야트막한 집들이 오순도순 정다워 보이는 마을을 품고 있는 이 고샅은 오래전 누군가가 이곳을 삶의 터전으로 삼기 시작하면서부터 생겨나 그들의 일상을 품고 숱한 날들을 함께 살았을 게다. 처음 고샅이 생겨났을 때는 질퍽질퍽했을 고샅길이 점차 야물어 감과 더불어 골목 안을 누비던 아이들의 해맑은 웃음소리. 차고 매끄러운 겨울날 군불 때는 연기가 자우룩할 때면 휘돌던 냇내. 밥 뜸 들이는 냄새. 장 지지는 냄새 같은 것들로 정다웠으리라. 이와 더불어 오고 가는 세월 따라 생로병사에서 빚어지는 환희와 눈물이 겹겹이 싸였으리라.

쉼 없이 오가는 이들의 발걸음에 다져져 더욱 야물어지고 단단해졌을 고샅. 깊어가는 계절 따라 농익은 붉은 담쟁이들의 살아가는 이야기까지도 품어 안았을 고샅. 고샅은 그리움이다. 기억의 아득한 곳에 잠재해 있던 이야기들이 어느 순간 소환되어 과거로의 여행을 떠나게 하고, 오늘을 살아내느라 지친 마음을 다독여 주기도 하는 것이다.

사람살이가 시작되면서 생겨난 물리적인 고샅이 있다면 우리네 가슴 안에도 고샅 몇 개쯤은 존재할 터. 내 안의 고샅에도 긴 날들을 살아온 삶의 궤적들이 제 이야기만큼의 길을 내고 곳곳에 자리 잡고 있다. 부모 형제들과 복닥거리며 보낸 날의 흔적들. 아이들을 키우면서 환희와 눈물로 가득했던 기억들. 오래된 것들임에도 삭아지지 못해 야문 돌덩이가 된 상처들. 풋콩처럼 싱그러웠던 젊은 날 또래들끼리 모여 밤 가는 줄 모르고 세상이 불합리하다고 목청을 돋우던 어쭙잖은 기억들. 올바른 가치관의 부재로 삶의 목표를 바로 설정하지 못해 고통스러워하던 흔적들. 때에 따라 이 모양 저 모양으로 발아(發芽)했으나 이내 시들어 버린 꿈의 편린들로 가득하다.

사소하면서도 아름답고 슬픈 삶의 흔적들이 있는 내 안의 고샅을 보니 혈기 왕성하던 시절 별것 아닌 일에 세상이 무너지기라도 하는 것처럼 열을 내며 설왕설래하던 모습이 떠올라 헛웃음이 나기도 한다. 세상이 무서운 속도로 다변화할 줄 모르고, 인간의 수명이 이렇게 길 줄 모르고 현실에 안주하며 스스로를 개발하는데 전력을 다하지 못한 데서 오는 아쉬움이 머무는 고샅에 닿으니 여전히 아프다. 무엇보다도 오늘의 내 모습은 이들이 만들어낸 결과라는 것을 인정할 수밖에 없어 숙연해지는 것이다.

사람은 누구나 살아온 시간과 삶의 행태에 따라 나름의 궤적을 남긴다. 후세를 살아가는 이들은 그들이 남긴 흔적에 영향을 받으며 살아간다. 내게 주어진 인생을 내 의도대로 살아가는 것 같지만 내 부모의 인생도, 내 후세 아이들의 삶도 사는 것은 아닌지 모른다.

고샅은 기억의 저장고다. 오래전 지난 일도 기억하고, 앞으로 다가올 일들도 품을 것이다. 그리 살아내다 보면 더 많은 이야기가 쌓여가고 정든 고샅이 그리워 찾아오는 이들에게 그들이 잊고 있었던 오래된 이야기를 돌려주며 함께 울고 웃을 거다.

나를 설레게 했던 고샅의 끝에는 야트막한 산등성이들이 있고 그곳에는 야생녹차밭이 가지런히 펼쳐져 있다. 이곳을 삶의 터전으로 살아가는 이들은 여전히 고샅을 오르내리며 차밭을 가꿀 것이고 세상에서 제일 향기 나는 차를 만들기 위해 찻잎을 따고 덖을 터이다. 그들과 더불어 고샅은 더욱 단단해져 가리라.

(문학미디어 2021. 겨울호)

길 위에서

봄 산이 청정하다. 봄의 전령사들이 겨울의 끝자락을 휘이휘이 몰아내고 새로운 생명을 불어넣고 있다. 생명의 용트림을 통해 무한한 변신을 꾀하고 있는 대지 위로 바람과 햇살이 넘나든다. 지난가을 떨켜 끝자리에 돋아나 모진 눈보라를 견뎌낸 잎눈 꽃눈들이, 꽃으로 잎으로 피어나 무채색으로 어두웠던 대지 위에 색을 입히는 중이다.

무채색에서 유채색으로 변신을 시작한 생명 있는 것들의 조용한 함성이 오감을 흔들어 깨운다. 바람이 실어다 주는 싱그러운 향내에 취해 눈을 감는다. 바지직 바지직 여린 잎들이 깨어나는 소리, 꽃잎 벙그는 소리에 심장이 요동친다. 일상의 탈출을 부추겨댄다. 못이기는 척 바람을 따라나선다.

아무 준비 없이 무작정 나선 길, 어디로 갈까. 남쪽에는 이미 산수유도 만개하고 벚꽃도 흐드러졌다는데 그리로 가 볼까. 아니면 '화엄사' 홍매님을 만나러 갈까. 설렘을 한아름 안고 어디로든 발길 닿는 대로 가 보는 것도 좋겠다. 마음 가는 대로 무심히 나선 곳에서 때로는 예기치 않은 것들과 만나 감동하고 더러는 숙연해지기도 하고.

길을 가다 들른 길손들의 쉼터 한옆 자그마한 동산 위 점점이 놓여 있는 이병기(가람) 님의 시화詩畵에 발길이 머문다. 검푸른 나뭇가지마다 연초록으로 돋아나는 새순들을 볼 수 있는 것만으로도 가슴 뛰는 일인데 그분의 작품을 대할 수 있는 행운을 누리게 되어 설렌다. 임의 작품으로 들어가 임의 심장 소리에 귀 기울이며 깊게 공감하고 사유할 수 있음에 심장이 요동치기 시작한다.

귀히 자란 몸에 정주도 모르다가/ 이 집에 들어오며/ 물 긷고 방아 찧고/ 잔 시늉 안한 일 없어 잔뼈도 굵었다/ 맑은 나의 살림 다만 믿는 그의 한 몸/ 몹시 섬약하고 병도 또한 잦건마는/ 그래도 성한 양으로 참고 그저 바구어라/ 나이 더하더라도 마음이야 다르던가/ 백 년 동안이 마나던 그날 같고/ 마주 푼 귀영머리 나보다 검어라/ 이미 맺은 인연 그대로 잇고 이어/ 다시 태어나되 서로 바꾸이 되어/ 이생에 못다 한 정을 저 생에서 받으리.
                                        -임의 시조 <처> 전문

더져 놓인 대로 고서古書는 산란하다/ 해마다 피어오든 수선도 없는 가을/ 한 종일 글을 씹어도 배는 아니 부르다/ 좀 먹다 삭어지다 하잔히 남은 그것/ 푸르고 누르고/ 천년이 하루 같고/ 검다가 도로 흰 먹이 이는 향은 새롭다/ 홀로 밤을 지켜 바라든 꿈도 잊고/ 그윽한 이 우주를 가만히 엿을 보다/ 빛나는 별을 더불어 가슴 속을 밝히다.

-〈고서古書〉 전문

오래전 곁을 떠나고 없는 부인을 기리는 간절함이 녹아 있는 임의 글을 읽으며 부부란 무엇인가. 귀밑머리 검을 때 만나 부부의 연을 맺어 백설이 뒤덮이도록 해로한다는 것이 얼마나 큰 축복인가 싶어 숙연해진다.

좀 먹고 삭어져 곰팡내 나는 고서를 아무리 씹어도 배아니 부른 줄 알면서도 고서에서 우주를 엿볼 수 있다! 고백하는 고아한 임의 향기에 취해 발길이 떨어지질 않는다.

아쉬움을 뒤로하고 쉬엄쉬엄 달려 도착한 곳. 섬진강 변이다. 주변 들녘엔 일손들이 바쁘다. 이제 막 밭을 갈아 놓았는가. 물기 머금은 촉촉한 흙이 너무 부드러워 보여 찰진 인절미 한판 이리저리 뒹굴려 가며 묻혀도 좋으리라 싶다. 이제 곧 농부의 마음 따라 씨앗이 심길 게다. 푸르게 자라 알차게 영글어 심은 이의 기쁨이 되어 주면 참 좋겠다.

저 멀리 아스라이 보이는 둥구나무 근처에 '김용택' 시인의 생가가 있단다. 섬진강에 오면 꼭 들러보고 싶었던 곳. 집안에 들어서니 잔디가 곱게 깔린 마당을 감싸고 있는 예스러운 돌담이 정겹다. 시인의 집 툇마루에 걸터앉아 시인이 하던 말을 떠올린다. "바람이 불어 강 건너 앞산의 은사시나무잎이 아래에서 위로 젖혀지는 걸 보니 비가 올 것 같다는 어머니의 말을 글로 썼더니 시가 되더라는. 시는 그렇게 자연을 사랑하고 그들과 대화하기를 즐겨하면 된다"는.

나는 어느 때가 되어야 자연의 이치를 깨달아 누군가의 마음에 닿는 글 한 편을 쓸 수 있을까. 주인 없는 집에 시를 사랑하여, 당신을 기억하여 다녀가는 이들을 위해 마련해 놓은 차 한 잔이 정겨워라.

마음 가는 대로 가고자 나선 길이니 이제 지리산 노고단으로 가 볼까. 언제 피어났는가. 굽이굽이 산길을 돌아가노라니 여린 초록의 물결이 일렁인다. 화살나무며 생강나무, 황벽나무도 있고 각종 이름 모를 나무들이 검푸른 수피樹皮를 뚫고 초록 중에 가장 빛나는 아찔한 싱그러움으로 다가온다. 창문을 연다. 봄을 숨 쉰다. 푸르고 싱그러운 숲의 정기가 폐부 깊숙이 스며들어 세속에 찌든 내 안을 정화시켜 준다. 숲은 몸과 마음을 순환시키는 요람이다. 산을 생명의 터전으로 삼고 살아가는 모든 것들은 경쟁하고 협력하며 그들의 터전을 지켜가는 것이다.

　무심히 나선 길 위에서 시간의 흐름에 맞추어 피고 지는 자연을 보며 생각한다. 자연이 제 속도에 맞추어 피어나듯 우리의 삶의 속도도 때를 알고 그에 부합하는 삶을 살아야 하지 않을까. 우리는 어쩌면 늘 어디론가 서둘러 가려 하는 것은 아닌지 모른다. 때를 알고 꽃으로 잎으로 피어나는 자연의 섭리를 깨달아가며, 봄날이 베푸는 축복에 흠뻑 취하고 싶은 날이다.

(현대문예 2020. 가을호)

거멀못

참 붉다. 초가을 햇살을 받아 윤기 나게 마른 진다홍의 표피가 곱다. 맑고 투명한 붉은 빛이 고와 함지박 안에 손을 넣어 휘저으니 달그락달그락 맑은 소리가 귓전을 울린다. 속이 비칠 정도로 잘 마른 고추의 붉은 표피 너머로 비치는 씨앗에서 나는 소리다.

고추가 담긴 함지박은 너무 오래되어 민속박물관에나 가져다 놓으면 어울릴 것 같은 물건이다. 밑이 갈라진 것을 이어 붙인 터라 그만 버릴까 말까 망설이다가도 차마 버리지 못하고 그대로 두었던 것인데 그러기를 잘했구나 싶다.

애초에 함지박은 어머니가 쓰시던 것으로 한 가정의 역사를 품고 있는 예스러운 물건이다. 모양새 또한 예사롭지 않다. 밑동이 한 아름 정도 되는 박달나무의 중간 부분을 적당히 잘라 속을 파낸 뒤, 나무의 결을 따라 자귀로 깎아 다듬은 것으로 다듬는 과정에서 생긴 표면의 무늬가 정겹다. 붉은 밤색에 다갈색의 옻칠을 여러 번 해 반질반질 나는 윤기와 오래된 것에서 배어 나오는 품격이 있어 고풍스럽다. 그러나 깊어가는 어머니의 세월 따라 중간쯤이 갈라져 틈새가 생기는 바람에 여름철 습기에 약한 자잘한 것들을 널어 말리려면 줄줄 새기 일쑤였는데 거멀못으로 단단히 고정하고 나서야 사용할 수 있었다. 거멀못의 헌신으로 무용할 뻔했던 것이 유용한 것으로 탈바꿈해 붉은 고추를 가득 품고 있는 함지박을 보며 우리네 사람살이를 생각한다.

사람은 살아가면서 수많은 인간관계를 형성한다. 원하든 원하지 않든 관계를 만들어가며 살아갈 수밖에 없다. 소속된 곳에서 중심에 서 있을 때도, 하나의 구성원일 때도 있다. 중심에 있을 때는 구성원들의 상황을 고려할 줄 알며 듣는 귀가 열려 있어 잘 듣고 수용할 수 있어야 하고, 구성원으로 있을 때 역시 말을 삼가며 공동체가 와해되지 않도록 처신하지 않으면 안 된다 생각을 하곤 한다. 입이 가볍고 쓸데없이 발이 부지런하다 보면 가납사니 꼴이 되기 쉽다. 삶의 길목에서 처신이 가벼워 관계를 허무는데 발이 빠를 것인가. 허물어져 가는 공동체를 아물게 하는 거멀못이 될 것인가는 한 생을 살아가면서 마음판에 새기지 않으면 안 되는 것일 게다. 나는 너에게, 너는 나에게 서로 거멀못이 되어 줄 수 있다면 우리네 사람살이가 조금은 덜 팍팍하지 않을까 싶기도 하다.

숲에 들 때면 크고 작은 것들이, 넓고, 높고, 낮은 것들이 조화를 이루며 살아가는 모습에 감탄한다. 높게 자라는 나무들 밑에는 햇볕을 좋아하는 나무들이 자라고 품이 넓은 나무들 밑에는 그늘지고 습한 곳을 좋아하는 것들이 옹기종기 모여 살아간다. 바닥에 깔린 작은 풀꽃들은 그들 나름대로 옆으로 지경을 넓히며 행복하다. 자신의 습성과 특징에 따라 살아가는 모습이 조화롭다. 서로 선의의 경쟁을 하면서 유기적인 관계를 형성하고 어우렁더우렁 살아가는 모습에 감동한다. 자연은 서로를 위해 거멀못이 되기를 자처하는 것이다.

세상이라는 공동체 속에서 서로 부대끼며 살아가다 보면 평탄한 날만 있는 것은 아니다. 육체의 질병으로, 가슴에 큰 공동이 뚫려 혼자서는 버텨내기 힘들 때, 사람살이가 힘들어 주저앉고 싶을 때, 서로서로 상처를 싸매주며 새 살이 돋을 수 있도록 나는 너에게, 너는 나에게 거멀못이 되어 줄 수 있다면 그로 인해 우리네 삶이 윤기를 더해가고 세상은 온기로 따뜻해지리라.

삶에 대한 계산이 서툴렀던 탓에 결혼에도 계산이 필요하다는 것을 알지 못했다. 결혼하면 남편의 등에 업혀 가면 된다고 생각했다. 그러나 그 남자의 등에 업혀 가는 것인 줄 알았던 내게 업고 가지 않으면 안 되는 상황이 주어졌다. 세상 물정도 모르면서 세상을 향해 서툰 발걸음을 내딛기 시작했다. 긴 터널을 빠져나오는 동안 수도 없이 넘어졌다 일어서기를 반복했다. 숱한 난관에 봉착했지만, 그중에도 결혼 전 내가 뿌리를 내리고 살아온 토양과, 결혼과 더불어 아주심기를 해야 할 토양이 너무나 달라 심한 뿌리 앓이를 해야 했다.

만만찮은 삶의 무게를 견디지 못해 나라고 하는 함지박이 갈라져 버려 만신창이가 되었을 때 생명의 주관자이신 그분은 내게 거멀못이 되어 주셨다. 지금도 그분은 내게 거멀못이고, 생이 다하는 날까지 거멀못이 되어 주실 것임을 믿기에 깨질 수밖에 없는 나라는 함지박을 맡기고 삶이라고 하는 길을 갈 수 있는 것이다.

당신 품 안의 올망졸망한 함지박들에 생채기가 생길 때마다 꿰매고 품어주시느라 늘 고단하셨던 어머니는 당신 자식들에게 있어 거멀못이셨다. 힘들고 어려웠던 순간마다 서로서로 단단히 아물게 하려고 힘쓰며 든든한 울타리가 되어 주고 있는 자식들 역시 내게 있어 거멀못이다. 내 삶의 언저리에서 서로 소통하고 선의의 경쟁도 하면서 내게 활력소가 되어 주는 형제자매 지인들 역시 나를 살게 하는 거멀못이다. 그들로 하여 살아갈 힘을 얻는다.

거멀못의 헌신으로 새롭게 빚어져 붉은 고추를 품고 있는 함지박을 보며 나를 돌아본다. 내게 거멀못이 되어 준 이들의 헌신으로 내가 살 수 있었음에도 나는 누군가에게 거멀못이 되어 준 적이 얼마나 있었던가를.

* 거멀못: 단단한 나무로 만든 가구나 그릇 같은 것들을 이어붙이는 역할을 하는 'ㄷ'자 형태로 된 못.

(에세이21 2021. 여름호)

아름다운 순환

　바람이 불면 부는 대로 바람에 전신을 내맡겨 버린 나무들이 온몸을 떨고 있다. 그렇게 떨릴 때마다 그 나무의 떨켜 끝에서 오색의 이파리들이 물결처럼 여울지며 쏟아져 내린다. 떨어져 내리면서 공중을 선회하는 나뭇잎들은 붉다 못해 선홍빛이다.

　아마도 자기의 분신을 떠나보내지 않으면 안 되는 절절한 아픔에 몸 안의 모든 진액이 쏟아져 나와 저토록 처절하리만큼 고운 빛깔이 된 것은 아닌가 싶다. 산자락에 나부끼는 단풍잎들은 왠지 서로 다른 빛깔을 띠고 있다. 이제 막 떨어져 내리는 것들은 선홍의 붉은 빛이지만 이미 내려앉은 이파리들은 아주 부드러운 자색이다. 어찌 보면 눈물겹도록 고운 빛깔 속에는 한 생을 마무리해야 하는 안타까움이 서려 있지만 이미 내려앉은 자색의 부드러움 속에는 아름다운 체념과 겸허함이 녹아 있어서는 아닐까.

만추의 산자락은 슬프고도 아름다워 보인다. 나무와 나무 사이로 애틋하게 넘나드는 햇살과 산허리를 휘감아 돌며 토해내는 갈바람의 수런거림은 일탈을 꿈꾸며 먼 길을 마다않고 달려온 길손들의 가슴을 어루만져 주기에 부족함이 없을 것 같다. 가을 산이 토해내는 이 쓸쓸하면서도 달콤한 향기. 그건 보고 싶어도 볼 수 없는 이들을 향한 그리움으로, 되돌릴 수 없는 시간에 대한 아쉬움으로 가슴 하나 가득 안겨 온다. 어느 시인은 '어깨에 내려앉은 한 잎의 낙엽에서도 인생의 무게를 느꼈다'고 한다. 떨어져 내리는 그 가벼운 마른 잎 하나에서 느껴지는 무게가 어찌 인생의 무게와 비교될 수 있을까. 그러나 어찌 보면 저 작은 하나의 잎새 속에도 성숙을 향한 함성으로 가득했었고 모진 비바람 속에서 서로가 살갗을 비벼대며 견뎌낸 수많은 날이 있었음을 기억한다면 그들이 살아낸 삶의 무게 또한 우리 인간의 삶과 별반 다르지 않을 거라 싶기도 하다.

이 산에도 삶과 죽음이 존재한다. 수명을 다하고 산자락에 누워 있는 것들은 다음 생을 위한 하나의 자양분이 되어 주며 자신의 자리를 내어줌으로써 그 터 위에 또 다른 생명이 보금자리를 튼다. 단단한 암석도 풍화 작용에 의해 서서히 분해돼 흙이 되어 다른 식물이 살아갈 수 있는 토양이 되기도 한다. 소리 없이 반복되는 이런 과정을 통해 자연의 질서가 유지되는 것인지도 모른다. 아름다운 순환이다.

한 생을 살아내고 떨어져 내리는 낙엽들은 눈보라와 매서운 찬바람을 맞으며 시린 겨울을 견뎌야 하는 나목들의 발치에 누워 그들과 아픔을 함께 할 것이고, 다시 봄이 되어 뭇 생명의 용트림이 시작되면 저들은 썩어져 땅속으로 스며들리라. 생성과 소멸의 아름다운 순환이다.

나는 지금 내게 주어진 생의 끝자락 겨울의 중심에서 지나온 내 삶의 언저리를 돌아본다. 내 인생의 중심이었던 날들. 숲의 봄여름과 같았던 날들을 지나오면서 얼마만큼의 사유의 시간을 가졌던가. 내가 가꾸어온 과수목에는 먹을 만한 열매가 얼마나 열려 있는가 고목 되어 서 있는 이 나무는 쉼을 얻고 싶어 하는 새들이 깃들일 수 있는 쉼터가 되고 있는가. 하고 나 자신에게 반문해 보지만 그렇다고 대답할 자신이 없다. 지난 젊은 날을 돌이켜 보면 내 나름대로 최선을 다한 삶이었다고 말할 수 있을지는 몰라도 깊은 사유의 틀이 부족해 작은 것이지만 아주 소중한 것들을 너무 많이 잃어버린 것은 아닌가 하는 후회가 남는다. 살아오면서 오늘 나의 삶이 미래의 내 삶을 결정한다는 평범하고도 당연한 사실에 좀 더 민감했더라면 하는 생각을 하곤 한다. 나 한 사람이 숙성되지 못한 삶을 살면 내 주변이, 나아가서는 세상이 혼탁해질 수밖에 없는 순환의 법칙 앞에 숙연해지는 것이다.

　인간의 삶이란 세상 어딘가에 던져진 원석에 물을 뿌려가며 모난 부분을 정으로 쪼고 갈고 닦기를 반복하는 과정 같은 것인지도 모른다. 모난 돌일지라도 연마의 과정을 거치면 둥글어지듯이 서로 부대끼며 살아가는 삶 속에서 서둘지 않고 서로를 수용하며 더불어 제 길을 간다면 우리네 삶의 한 부분들이 선한 영향력으로 채워져 갈 게고 이 성스러운 일들의 지속성에 의해 우리네 사람살이는 날로 풍요로워지리라. 아름다운 포용이고 순환이다.

　오늘도 이 가을 산에는 수많은 발걸음이 오가고 있다. 무엇이 그리 급한지 그들은 거의 달려가다시피 가고 있다. 숨 고를 새도 없는 듯 헐떡이면서 어디로 무엇을 얻기 위해 저리도 분주히 가고 있는 것일까. 어쩌면 저들도 아름다운 순환을 꿈꾸며 이곳에 오지 않았을까? 그렇다면 나뭇가지를 흔드는 소쇄한 바람 소리와 산 아래 계곡을 흐르는 맑은 물소리를 벗하며 쉬엄쉬엄 걸어가는 것도 좋겠다. 가다 힘이 들면 가을 산이 마련해 준 갈잎 융단 위에 털퍼덕 주저앉아 알싸한 마른 잎 향기를 숨 쉬며 묵상에 잠겨 보는 것도 좋으리라. 신갈나무, 떡갈나무, 상수리나무, 굴참나무 등 도토리나무 가족들의 세상 살아가는 이야기에 귀 기울여보면서.

두드림

두드림은 생명의 시작이다. 봄 햇살은 겨울의 끝자락을 몰아내기 위해 끊임없이 언 땅을 두드린다. 그의 끈질긴 두드림에 못 견뎌 겨울은 봄에게 자리를 내어주고 제 갈 길로 간다. 겨울이 떠난 자리, 대지의 품 안으로 들어간 햇살은 봄의 속성인 생명을 불어넣음으로 온천지가 초록으로 빛나기 시작하고 꽃을 피운다.

장인의 혼이 깃든 한 점의 빛나는 유기도 두드림에서 시작된다. 놋쇠와 구리를 비율에 맞게 섞은 뒤 덩어리를 만들어 불에 달궈내 원하는 형체가 될 때까지 두드리고 달구기를 반복하며 셀 수 없을 만큼의 땀방울을 쏟아내고 혼을 불어넣는다. 꽹과리와 징의 공명이 심금을 울리는 것은 두드림을 통해 소리 잡기가 제대로 되었을 때라야 가능하다. 온전히 빚어져 사물이 투영될 정도로 맑은 유기를 바라볼 때면 찬란한 아름다움에 숙연해진다. 얼마나, 어떻게, 어떤 마음으로 빚어야 맑은 빛을, 여운을 남기는 아름다운 소리를 머금은 유기로 태어나는 것일까 싶어서다.

우리의 삶 또한 두드림의 시작이다. 사랑도 두드림에서 비롯된다. 서로 만나 마음이 하나가 될 때 새로운 장이 펼쳐진다. 심장이 뜨겁게 두 방망이질 쳐 주체할 수 없을 때 불꽃이 튀고 그 열기가 사랑이라는 위대한 역사를 만들어 낸다. 한 인간의 성공 여부도 주어진 삶의 부분들을 얼마나 정성껏 두드리느냐에 따라 결정된다. 삶의 길목에 도사리고 있는 굴곡진 것들, 울퉁불퉁한 부분들을 반듯하게 펴려는 노력이 수반되지 않으면 굽은 채로 있을 수밖에 없다. 세상은 두드림에 의해 시작되고 존재하는 것인지도 모른다.

오래된 기억과 마주한다. 어머니와 마주 앉아 다듬이질을 하고 있다. 푸새를 곱게 한 뒤 수차례에 걸쳐 발 다듬이질을 하고 마지막으로 다듬잇돌 위에 올려놓고 자근자근 두들긴다. 이때 다듬이 소리가 고운 음률을 내야 푸새 감의 주름진 곳이 곱게 펴진다. 그러나 때로는 소리가 엇박자를 내기도 한다. 그럴 때는 어김없이 푸새 감이 미어지곤 했다. 오랜 시간이 지나서야 어머니와 내 마음이 하나가 돼야 방망이 소리가 음률이 되고 푸새 감이 비단결 같아진다는 것을 깨달았다.

다시 돌아갈 수 없는 어느 시점, 소년의 때에서 청년의 때로 들어설 무렵 세월이 왜 이리 더디 가나 조바심했다. 모든 제약에서 벗어나 어서 어른이 되고 싶어 안달했다. 어른이 되면 그에 합당한 책임과 의무가 따른다는 것을 알지 못한 채 허둥대다가 때로는 시간의 날카로운 칼날에 베이기도 했다. 세상은 유독 나에게 호의적이지 않다며 시간이 어서 빨리 가버리기만 바랐을 뿐 주름지고 구겨진 부분들을 펴기 위한 두드림이 부족했음을 인정하지 않을 수 없다. 나를 지켜주는 규범과 제약들이 있다는 것, 누군가의 보호 아래 있다는 것이 얼마나 소중한지. 풋콩처럼 싱그러웠던 때가 인생의 가장 아름다운 순간일 수 있다는 것을 삶의 끝자락에서 다시 한번 아프게 깨닫는다. 시간의 흐름 앞에 순간순간 당황해하는 시점에 서 있지만, 아직도 내 안에는 두드려야 할 부분이 많음을 실감한다.

수년 전부터 누군가의 삶을 들여다보는 일을 하기 시작했다. 그들의 삶을 들여다보며 함께 공감하고 희로애락을 나눈다. 그들의 삶도 굴곡진 부분을 펴기 위해 두드리며 안간힘 했던 나의 삶과 별반 다르지 않다는 사실에 동질감을 느끼고 위로받으며 울고 웃는다. 서로서로 감춰 두었던 것들을 모두 토해내고 나면 두꺼운 옷을 겹겹이 껴입고 있었을 때의 거추장스러움에서 벗어나는 것 같아 홀가분하다. 가식의 옷을 모두 벗어버릴 때 비로소 하나가 되어 서로 껴안는다. 마음이 닿는 희열에 감동한다.

인간에게는 남과 달라지고 싶어 하는 속성이 존재한다. 상대성이 내포되어 있어 비교하는 데서부터 시작된다. 내가 내 삶의 주체가 되어 살아갈 수 있으면 좋으련만 여기서 자유롭지 못하다. 비교라는 틀에 자신을 가두고 닦달하며 전전긍긍한다. 비교의식에서 벗어나 스스로 빛나기 위한 두드림으로 살아간다면 얼마나 좋을까.

두드림은 어떤 것일까. 굴곡진 삶의 부분들을 펼칠 수 있는, 봄 햇살이 언 땅을 녹여 푸름으로 빛나게 하는, 때깔도 없고 모양도 없는 쇳덩어리를 아름다운 소리로, 찬란한 빛깔로 거듭나게 할 수 있는 무한한 힘의 원천이 두드림의 본질이다.

아름다운 소리는 어디서 나는가. 소리가 쌓이고 세월이 덧입혀져야 깊은 울림이 있는 소리를 낼 수 있듯이 마음의 결을 다듬기 위한 두드림이 필요하리라. 연륜이 쌓여갈수록 사람은 깊어지고 놀라워져야 한다고 하지 않던가.

(계간문예 2018. 가을호)

이 가을에

만산홍엽에 눈이 시리다. 혼신의 힘을 다해 봄여름을 살아내고 자연의 섭리에 순응하며 쇠락해가는 저들 모습이 겸허하다.

바람이 소쇄하다. 청량한 바람이 눅눅했던 몸과 마음을 가슬가슬 말려 준다. 순해진 가슴 한 자락에 가을이 안겨 주는 쓸쓸함이 자리 잡기 시작한다. 쓸쓸하다는 것은 무엇일까. 마음이 선해진다는 것은 아닐까. 쓸쓸함이 자리하면 자신을 되돌아보게 되고 그동안 소원했던 이들에게 손 내밀어야겠다 싶고 문득 먼 곳에 있는 이들이 보고 싶어지기도 한다. 그뿐인가. 목에 걸린 가시처럼 아프게 하는 이들까지도 사랑해야겠다 싶어지기도 하는 걸 보면, 쓸쓸하다는 것은 선하다는 것이고 그 속성에는 아름다움이 녹아 있는 것은 아닌가 싶기도 하다. 어쩌면 우리 안에는 쓸쓸해지고 싶어 하는 정서가 있는 것인지도 모른다.

올 한 해와도 결별을 고해야 하는 날이 머지않았다. 연초에 한 해를 시작하면서 나와 우리 가족을 비롯해 주변의 모두가 별일 없이 무탈했으면 하는 소박한 바람이 있었다. 특별할 것 없는 일상의 삶이 되길 바라면서 원만한 인간관계를 지속함으로 누구와도 불편한 관계를 만들지 말아야지 다짐했었다.

돌이켜보면 올해도 많은 이들과의 조우가 있었다. 오랫동안 관계를 이어온 이들, 이런저런 삶의 길목에서 스쳐 간 인연들, 나름의 삶을 살아가느라 분주하면서도 무탈해서 고마운 가족들, 먼 곳에 있는 것 같으면서도 돌아보면 늘 그 자리에 있어 다행인 지인들, 지나간 여름의 끝자락 길손들의 쉼터에서 우연이 만나 차 한 잔 나누었을 뿐인데 오랜 지기가 된 것처럼 속내를 털어놓던 쉼터의 주인장, 단팥빵 두 개밖에 사지 않았는데도 한 개를 덤으로 얹어준 '10월의 단팥빵' 가게주인 청년 사업가, 퇴근길 붐비는 전철 안에서 하루의 일과를 살아내느라 지쳤을 텐데도 흰 서리가 듬뿍 내린 내 머리 때문인가 서슴없이 자리를 내어주어 나를 민망하게 하던 젊은이, 그들이 있어 저무는 내 삶의 들녘은 적막하지 않았다. 그들과의 만남이 없었다면 삶이 얼마나 무미건조했을까.

결실의 계절이기도 사색의 계절이기도 별리別離의 계절이기도 한 이 가을. 내 삶의 주변에서 나와 조우했던 이들 모두 평안했으면 좋겠다. 언제일지 모르지만, 그 쉼터에 들르게 되면 주인장으로부터 지인에게 받은 상처가 아물어가고 있다는, 10월의 단팥빵 가게가 번창했다는, 자리를 내어준 젊은이나 청년실업에 시달리는 이들의 실업문제가 해결되었다는, 경제가 어려워 전전긍긍하는 이들 얼굴에 웃음꽃 피어나는, 그들과 나 우리 모두에게 좋은 일들이 일어났으면 좋겠다.

농익은 낙엽들이 내려앉는다. 저들을 보며 생각한다. 작은 나뭇잎 하나도 겨우내 메말랐던 수피를 뚫고 돋아나 성장해 낙엽이 되기까지 견뎌낸 수많은 날들이 평탄하지는 않았을 터. 따사로운 햇살의 속삭임이 있었는가 하면 드센 비바람도 있었을 것이고, 여린 잎을 갉아 먹는 해충의 침입을 견뎌내지 않으면 안 되었던 모진 날들도 있었을 것이다. 이 가을 자연의 섭리에 순응하며 겸허히 내려앉아 생을 마감하는 저들 모습은 질곡의 날들을 견뎌내며 소임을 다한 뒤 주어진 아름다운 훈장 같은 것인지도 모른다.

만추의 길목에서 우리네 삶을 생각한다. 산다는 게 어디 거저 되는 일이던가. 달고 쓰고 맵고 짠 모든 과정을 통한 담금질이 끝없이 요구된다. 그래서인가 사는 것을 두고 살아 내는 것이라 하기도 하고 견뎌내는 것이라 하기도 하는 것 같다.

떨어져 내리는 낙엽을 보며 내 안의 또 다른 나와 만난다. 선함과 그리움이 녹아 있는, 쓸쓸해서 아름다운 이 가을을 어떻게 살아야 할까. 떨어져 내리는 한 잎의 낙엽에서 인생의 무게를 느꼈다는 어느 시인의 말이 절실하다.

(한울문학 2020. 10)

반가워서

참 맛나다. 팥고물을 듬뿍 얹은 찰시루떡이다. 고물을 기계로 갈지 않고 손으로 찧어 부드러운 데다 통팥이 듬성듬성 한 것이 떡의 풍미를 한껏 살려 준다. 보기 좋은 떡이 맛도 좋다더니 찰지고 따끈따끈한 것이 입안을 춤추게 한다.

나는 원래 떡보다, 어린 시절 외가나 친척 집에 갔을 때 다른 것을 아무리 잘해 줘도 떡을 해 주지 않으면 집에 돌아와서 어머니에게 아무것도 안 해 주더라고 말했을 정도다. 그렇다 보니 떡에 대한 입맛도 쓸데없이 까다로운 편이다. 그렇다고 특별한 맛을 좋아하는 것은 아니고. 아주 단순한 맛을 좋아하는 편이다. 지나치게 주무르지 않고 쓸데없는 것을 첨가하지 않은 옛날에 먹던 맛을 선호하는 편인 내게 이 팥시루떡은 입맛에 딱 맞는다. 어머니 살아생전에 하시던 것을 상기하며 집에서 해 먹기도 하는 찰진 맛이다. 요즈음은 떡도 변화하는 시대의 흐름을 따라가는 것인가 옛 맛을 잃어가는 터라 떡 본래의 순수한 맛을 찾는다는 게 쉽지 않은데 말이다. 여기에 이 떡이 유난히 맛난 것은 떡이 맛도 있지만, 또 다른 이유가 있어서다.

초인종 소리에 나가보니 웬 젊은 부부가 서 있었다. 오늘 아래층으로 이사를 왔다며 팥시루떡이 든 접시를 내민다. 반갑기 그지없었다. 요즈음 같은 때에 이사왔다고 부부가 이사 떡을 들고 인사를 왔다는 사실이 나를 감동시켰다. 순간 내 마음은 더없이 순해졌고 짧은 순간이지만 이것저것 많은 생각이 스쳐 갔다. 부부의 모습을 살펴보던 중 새댁의 봉긋한 아랫배에 눈길이 머물렀고 아이 낳기가 부담스러워 부부만의 삶을 원하는 이들이 늘어간다는 이 시대에 아기를 갖은 게 고맙다는 생각이 들면서 태중 아기가 잘 자라 순산하도록 기도하는 마음이 되었다. 또한 이 젊은이들의 삶이 팍팍하지 않았으면 좋겠다는 생각이 들기도 했다. 왠지 이웃 어른으로서 처신을 잘해야겠다는 생각도 들고 저 젊은 부부를 축복해 주고 싶어졌으니 참 모를 일이다. 이는 아마도 이웃 간의 정이 그리운 탓인가 보다.

그동안 세상이 참 많이 변했다. 그중에도 주거 형태가 많이 달라졌다. 이전의 주거 형태가 담 너머로 얼굴을 마주 대하며 조석으로 수인사를 나누던 것이었다면 지금은 철 대문이 굳게 닫혀 있어 옆집에 누가 사는지 알 수 없는 시대를 살아가고 있다. 소통의 부재 시대임을 실감하지 않을 수 없다. 내 마음을 누군가에게 들킬까 두렵고 타인의 마음 또한 알려 하지 않는다. 조금만 관심을 가지고 가까이 가려 하면 사생활 침해라며 경계심을 갖는다. 세상이 흉흉하여서인가 이웃 간에 마음의 문도, 대문도 걸어 잠그고 산다. 어쩌다 승강기 안에서 어린아이들을 만나 귀여워 머리라도 쓰다듬을라치면 성추행이라 오해받는 세상이 돼 버렸다. 이전엔 '모르는 사람을 조심하라고 했는데 요즈음은 아는 사람도 조심하라.'고 할 정도로 불신의 시대를 살아가고 있으니 슬픈 일이 아닐 수 없다.

이전 우리의 삶이 사람과 사람이 마음을 나누며 소통하는 시대를 살았다면 오늘을 살아가는 이들은 굳이 감정을 소모해가며 불편스러운 인간관계를 맺으며 살아갈 필요가 없다고 한다. 혹자는 사람과의 관계에서 쓸데없이 얼굴을 붉히며 감정을 소모하는 것보다는 직접적인 대상이 아닌 화면 속의 간접적인 대상과 소통하는 것이 좋다고 한다. 또 누군가는 얼굴은 알 수 없지만 많은 이들과 소통할 수 있어 얼마나 다행이냐고 한다. 세상의 온갖 정보를 수시로 전달하는 성능 좋은 전자기기만 있으면 전혀 외롭지 않다고 하는 시대를 살고 있다. 각 언론매체들이 수많은 정보를 쏟아내고 그것을 전달하는 기기들이 쏟아져 나와 전파를 타고 이역만리까지 퍼 나르니 사람이 그리워질 턱이 없는 것인지 모른다.

그도 좋고 이도 좋으리라. 그러나 문만 열면 수시로 만날 수 있는 이웃들과 수인사라도 나누며 살아간다면 이 또한 좋은 일 아니겠는가. 아파트 승강기를 오르내리며 자주 만나는 이웃들, 그들 중 누군가가 보이지 않으면 궁금하고 별일 없다는 소식을 들으면 안도하고,

봄볕이 따사로운 오후. 이웃의 젊은이들을 마음으로 축복하며 팥시루떡을 먹는다. 참 맛나다.

저무는 강가에서

삐졌다. 마음이 깨져 버렸다. 아파트를 새로 분양받으면 어떻겠느냐는 말에 남편은 "내 나이가 몇인데" 한마디로 거절이다. 누가 그걸 모르나. 말하지 않아도 다 아는 일이고 투정 삼아 해본 말인데 꼭 그렇게 오금을 박아야 하나. 무심한 사람 같으니라고.

한 걸음 내딛고자 할 때마다 걸리는 것이 있다. 바로 늘어만 가는 숫자다. 마음 같아선 그중에 얼마쯤 덜어내고 싶지만, 턱도 없는 일이고 함께 갈 수밖에 없는데 이를 어찌해야 할까. 육신이 피폐해지는 만큼 마음도 모든 욕망에서 자유로워야 하는데 그렇지 못해 갈등한다. 몸이 마음을 따라주지 못하고 마음은 몸에 순응하려 들지 않는다. 마음이 어서 따라오라고 손짓하지만, 몸은 고개를 절레절레 흔든다.

가끔 이런 생각을 할 때가 있다. 시간은 유형의 것인가 무형의 것인가 하는 것이다. 시간은 영원 전부터 있는 것이지만 나 이전의 시간은 내게 있어 무형의 것이고 내 존재가 세상에 있게 되면서 시간이 내게 주어졌고 그때부터 유형의 것이 되어 존재하는 것은 아닌가, 생각하곤 한다. 한 개인의 삶이 시작되면서 누구에게나 공평하게 주어지는 시간, 사용자의 능력에 따라 편차가 있을 수밖에 없는 시간, 나와 함께 함으로 유형으로 존재하는 나의 시간을 무형의 시간처럼 허투루 쓰고 있는 것은 아닌가 하는 것 등에 대해서다.

나는 내게 주어진 날들을 어떻게 살아냈는가. 몸을 위해, 내적 성숙을 위해, 내가 존재하는 세상에서 내 몫을 감당하며 살아왔는가. 돌이켜보면 몸을 위해 아무것도 투자하지 못했다는 생각이 든다. 여기저기 고장 난 부분이 너무 많다. 무엇보다 앉고 서는 것이 불편해 꼭 가야 할 자리가 아니고서는 출입을 제한한다. 다리가 불편해지고 나서야 '걸을 수 있는 것이 직립보행을 하는 인간에 있어 최고의 가치일 수 있다'라는 말이 절실하게 다가오니 어찌할까. 제 몸 하나 건사하지 못하면 가족에게 나아가서는 국가에 엄청난 짐이 될 수 있다는 것을 실감한다. 돌이킬 수 없는 시점에 와서야 이래서는 안 되었는데 하며 자책한다.

내면의 내 모습 또한 골밀도가 빠져나간 뼈마디처럼 엉성하다. 두루두루 섭렵하지 못했다. 자신감이 없는 탓인가. 새로운 일에 도전한다는 것이 두려웠다. 좀 더 앎의 폭을 넓히려고 노력했더라면 다방면으로 풍성한 내적인 성숙을 기할 수 있었을 텐데 그렇지 못한 것 같아 아쉽다. 그래서인가 글을 쓸 때나 대인관계를 할라치면 늘 궁색하다. 사람은 나이가 들수록 더욱더 깊어지고 놀라워져야 한다는데 치부가 드러날까 전전긍긍하는 자신을 돌아보며 화들짝 놀라기 일쑤다.

더불어 살아가는 것이 사람살이의 본질이거늘 이에서도 자유롭지 못하다. '한 생을 살아가는 동안 이웃들과 밥 한 그릇 나눌 줄 모르는 것은 죄'라는 어떤 목회자의 일갈—喝에 심히 아팠다.

이런 보편적인 것들의 가치는 얼마나 될까. 작은 골짜기의 물이 모여 냇물이 되고 강물이 되어 바다에 이르러 수많은 생명을 보듬어 키워내는 원천이 되듯이 일상에서 비롯되는 소소한 것들이 모여 개인의 삶을 튼실하게 여물리는 것은 물론이고 세상을 빛나게 한다.

한 개인의 육체적인 건강, 지적知的 성장, 더불어 살아가고자 하는 마음가짐은 본인의 삶을 풍요롭게 하는 것은 물론이고 주변에 아름다운 영향력을 끼친다. 그들이 뿜어내는 삶의 향기가 실의에 빠진 이들에게 소망을 주고 무너져가는 사회의 한 단면이 바로 서게 하는데 윤활유가 되어 줄 수 있음이다.

몸이 피폐해져 마음을 따라와 주지 않는 것도 나로 인해 비롯된 것이거늘 겸허히 받아들이고 마음이 몸에 맞추어 살아가야 한다고 스스로 다스려 보지만, 마음은 받아들일 의사가 전혀 없다며 고개를 흔든다. 이제부터라도 피폐해지는 속도를 늦추려 노력해야 한다고 속삭인다. 내면을 숙성된 풍요로움 가득한 터전으로 가꾸는 일도, 밥 한 그릇을 나누는 일도 내 몫이 아니냐고 반문한다.

저무는 시간의 강가에 서 있다. 허락받은 연한 중 이미 살아낸 시간들이 여기까지 데려다 놓았다. 남루해진 육신도, 내적인 빈곤함도 나로 인해 발생한 결과임을 인정하지 않을 수 없다. 내가 그린 삶의 무늬를 돌아보며 어떤 그림을 그리고 어떤 색깔을 입히고 어떤 문장을 쓸 것인가를 두고 얼마나 치열했는가에 의해 현재의 모습이 결정된다는 불변의 진리 앞에 숙연해지는 것이다.

그분으로부터 부여받은 생이 얼마나 남아 있는지 나는 알지 못한다. 다만 내가 알 수 있는 것은 아직 생이 끝나지 않았으니 내가 완성해야 할 그림 역시 미완성이라는 것이다. 한 생을 살아간다는 것은 주어진 거대한 화폭에 삶의 무늬를 그려가는 과정일 터. 고맙게도 아직 남아 있는 여백에 어떤 그림을 그려야 할까를 두고 나는 여전히 고민 중이다.

저무는 강가에서 내 나이에 묻는다.

그래도 아직 완성되지 않은 미완의 화폭이 남아 있어 고맙고, 허락된 삶을 살아내는 동안 농익어 곰삭아진 열매들로 풍성한, 쉼을 얻고 싶어 하는 이들이 깃들 수 있는 여유로운 뜰을 가꾸어 보고 싶은데….

"그대 이미 내 안에 아주 깊숙이 들어와 너무 많은 흔적을 남기고 있어 덜어낼 수도 없고, 그럼에도 나와 더불어 갈 수 있겠는가."

'늙어가는 법을 안다는 것은 지혜의 걸작으로 인간이 빚어내는 삶의 예술 가운데 가장 어려운 장르에 속한다.(헨리 프레데릭 아미엘)'라는 말의 의미가 절실하다.

(문학미디어 2019. 여름호)

동冬목木

　　겨울 산에 든다. 바람과 맞서고 있는 동목들과 마주한다. 몸피를 한껏 줄여 최소한의 수분과 응축된 영양분만을 간직한 채 땅속 깊이 뿌리를 내리고 눈바람과 맞서고 있는 그들의 모습이 처연하다. 매서운 설한풍 속에서도 쓰러지지 않으려고 바람의 방향을 따라 이리저리 흔들리며 버텨내는 모습 속에는 범접할 수 없는 결기로 가득 차 있다. 가지마다 날을 세우고 서 있는 저들의 모습은 삶과 죽음의 경계에서 삶으로 가기 위한 용트림으로 비장하다. 어떻게든 살아남아 돌아올 봄날을 맞이하기 위해, 모진 눈바람을 견디느라 살점이 뭉툭 떨어져 나갔을지라도 스스로 상처를 아물려 가며 견디고 있다.

　　봄날에 잎을 내고 꽃을 피우는 수목들과 꽃나무는 이미 지난 계절의 끝자락 어디쯤에선가 잎을 물었고 꽃봉오리를 맺은 뒤

태동을 시작한 생명을 보듬고 제 몸 안의 진액을 녹여내어 어린 생명을 키워낸다. 봄날에 실한 잎을 내고 꽃을 피울 수 있는 것은 지난겨울을 잘 살아냈기 때문이다. 눈부신 봄날이 어느 순간 거저 오는 것 같지만 그 뒷면에는 겨울이 봄을 잉태하고 있었음이다.

겨울 산의 나목처럼 든든히 서 있는 누군가의 뒷모습 속에는 주어진 삶의 긴 터널에서 마주한 굴곡진 길목을 잘 건너온 흔적들로 가득하다. 노옹老翁의 두툼한 손가락 마디마디의 굵은 주름은 쓰러지지 않고 삶의 길목을 헤쳐 온 흔적들이고 양미간을 수놓은 깊은 줄무늬는 고뇌하며 한 생을 살아낸 값진 결과물이다. 누구도 오늘의 내 모습 뒤에는 지난 시절의 내가 있었다는 사실을 부인할 수 없다. 세상의 잣대로 볼 때 비록 눈에 띄는 결과물을 내지 못했을지라도 혼신을 기울이며 한 생을 살아낸 이들의 모습은 나름으로 값진 것이다.

바람과 맞서보지 않고서는 삶에 깊이에 대해 말할 수 없다. 삶의 질곡에서 불어대는 모진 바람을 견뎌내기 위해 안간힘 하는 겨울나무처럼 흔들려본 이라야 삶의 깊이에 대해 말할 수 있을는지도 모른다. 혹여 그의 삶의 과정이 지난至難했을지라도 그가 실패한 삶을 살았다고 감히 누가 단언할 수 있을 것인가. 그가 살아온 삶의 행간, 행간에는 질곡을 용케 넘어온 자만이 토해낼 수 있는 벼리고 벼린 삶의 지혜가 녹아 있음이다.

지금은 겨울의 끝자락. 군락을 이루고 있는 산철쭉은 가지마다 꽃봉오리를 잔뜩 물었고 수목들의 떨켜 사이사이엔 맺힌 잎눈들은 눈에 띄게 부풀었다. 이제 오래지 않아 눈바람에 흔들리며 버텨낸 잎눈, 꽃눈들이 피어나 초록의 싱그러움으로 눈부실 것이고 온 산야는 꽃물이 들어 출렁이리라. 겨울 산의 주인으로 당당히 살아낸 동목들은 지난한 시절을 잘 살아내고 맞이하는 아름다운 봄날을 온몸으로 받아들이며 다시 체중을 한껏 늘려 메마르고 황량했던 산야를 푸르게 채워 갈 게다.

이 겨울이 지나고 꽃눈이 트기 시작하면, 예고 없이 불어대는 비바람과 맞서며 삶의 행간을 건너온 이들도 지난 삶에서 비롯된 것들을 밑거름 삼아 더욱 옹골찬 결실을 거두기 위해 발돋움할 것이고, 겨울의 길목에서 마음을 바장이던 이들도 한 해의 둔덕을 잘 넘어왔음에 안도하며 마음을 다잡으리라.

바람이 소쇄하다. 간간이 들려오는 산새 소리와 산야와 인접한 계곡에서 들려오는 물소리, 나목을 훑고 지나가는 바람 소리가 청량하다. 겨울나무가 땅에 든든히 뿌리를 내리고 서 있을 수 있는 것은 지난 봄 여름 가을을 충실히 살아낸 결과이다. 바람과 맞서고 있는 겨울나무를 보며 겨울이 없으면 봄도 없고 봄을 지나지 않고는 여름이 올 수 없다는 사실 앞에 숙연해진다.

겨울 산이 들려주는 소쇄한 바람 소리에 움츠러들었던 내 안의 세포들이 깨어나는 중이다.

아는 건 없지만 가족입니다

"어떤 과학자가 그랬어.

우리는 지구 내부의 물질보다 태양계 내부 물질에 대해 더 많이 안다고. 바로 이런 거지. 지구에 살고 있는데 지구 내부에 대해서 알아서 뭐 하느냐는 것처럼 가족이 딱! 그런 거지."

'아는 건 별로 없지만 가족입니다.' 드라마 대사 중 하나다. 가족이면서도 타인처럼 서로 간에 데면데면 소 닭 보듯 전혀 관심이 없는 것 같은, 타인 같으면서도 가족임이 분명한 가정의 이야기다.

이 한 편의 드라마로 여름 한 철을 무료하지 않게 보냈다. 우선 제목이 주는 묘한 뉘앙스가 마음을 붙들었다. 아는 게 별로 없는 가족이 살아가는 모습은 어떤 것인가. 자못 궁금했다. 회수를 거듭할수록 짙은 가족애가 녹아 있음에도 표현하지 않고 무관심으로 일관하는 것을 보며 안타까워하기도 하고, 무관심으로 일관하는 것이 유익한 결과를 가져올 때면 놀라웠다. 아무튼 오늘을 살아가는 가족 구성원들에게 어떤 메시지를 주고자 하는 드라마임에는 분명했고 소기의 목적을 달성했다고 시청자의 한 사람으로서 말할 수 있겠다.

우리는 가족에 대해 얼마나 알고 있을까.

내 배우자에 대해, 내 자녀에 대해, 내 부모에 대해, 내 형제 자매에 대해, 잘 알고 있다고 말할 수 있을까, 이를 두고 잘 알고 있다고 대답할 수 있는 이들이 얼마나 있을까 싶다. 이 시대는 가족 간에도 소통의 부재 속에 살아간다. 말이 없으니 생각을 알 수 없고 알고 싶어 하면 사생활 침해라며 알려고 하지 말란다. 가족과 소통하기보다는 손안의 기계와의 소통을 즐겨한다. 친구가 무엇을 좋아하는지는 잘 알면서도 정작 내 부모 형제가 무엇을 좋아하는지는 잘 알지 못한다. 지구에 살아가면서도 지구의 내부에 대해서는 별 관심이 없으면서 태양계 내부에 더 관심이 있는 것처럼 내 가족들보다 외부 사람들에게 더 관심갖는 것과 같은 이치다.

부모는 자식들에게 말한다. 오늘은 별일 없었는지, 어떤 생각을 하는지, 늘 궁금한데, 우리는 즈그들 생각에 때론 가슴이 미어지고, 때론 설레는데.

자식들은 부모에게 말한다. "아니, 그런데 뭐 꼭 그렇게 잘 알아야 하나요? 내 인생은 나의 것 내가 알아서 해요. 말해도 잘 몰라요."

부모는 때로 섭섭하다. 아이들이 무슨 말을 하는지 알아들을 수 없을 때도 많다. 국적도 없는 신종어가 생겨나고 거기에 비속어가 한몫한다. 그뿐인가. 앞뒤 중간 다 잘라버리고 몇 개의 단어만 골라 말하는 통에 전혀 알아들을 수 없을 때도 많다.

가족이란 과연 무엇일까.

"뭐긴, 많은 상처를 주고받는, 서로에 대해 많은 부분을 알고 있으면서도 무관심으로 일관하는, 그러면서도 어디서 상처받고 돌아오면 같이 아파하며 어쩔 줄 모르는, 그런 게 가족이지"

드라마가 정의한 가족이란 뭘까에 대한 답이다.

삭아지기

어머니의 장독대는 정갈했다. 크고 작은 것들이 모여 있어 오밀조밀 정다웠다. 장독이 많지는 않았지만, 우리 식구가 넉넉히 먹고도 이웃들과 나눌 수 있는 정도는 되었다. 네모반듯한 장독대 가장자리에는 키가 작은 꽃들이 피어 있어 고왔다. 한여름이면 바닥을 돋운 다음 얇고 편편한 돌을 깔아 만든 틈새 사이사이로 채송화가 곱게 피었었다. 장마가 지나고 가을이 오고 있음을 예고하는 고추잠자리들이 장독대 주변을 날기 시작하면 맨드라미가 피기 시작해 가을이 깊어져 서리가 내릴 때까지 붉은빛을 더해갔다.

그곳은 어머니의 놀이터였다. 바느질할 때나 특별한 일이 있을 때 외에는 그곳에서 시간을 보내실 때가 많았다. 작은 항아리에 남아 있는 오래된 간장에다 새로 담은 간장을 떠 붓는다던가,

이웃에서 두부라도 하는 날이면 두부 판에 순두부를 가두고 눌러놓을 때 생기는 순물을 가져다 묵은 된장에 섞기도 하셨다. 언젠가는 그런 어머니에게 새로 담은 된장이 빛깔도 곱고 맛있어 보이는데 왜 묵은 간장이나 된장을 그리 아끼느냐고 묻는 내게 오래된 것은 결이 삭아져서 약이 될 수 있지만 햇것은 그렇지 못하다고 하셨다.

얼마 전 갈바람의 수런거림에 이끌려 길을 나섰다가 사과밭 하나 가득 출렁이는 붉은 물결에 마음을 빼앗겨 때가 좀 이른 줄 알면서도 사과 한 상자를 샀다. 늦가을에 수확하는 부사는 된서리를 함빡 맞아 결이 삭아야 제맛을 내는 줄 알면서도 붉게 익어 탐스러운 열매를 주렁주렁 달고 찬란한 가을 햇살 아래 빛나는 사과밭을 그냥 지나치지 못하고 사버린 것이다. 쓸데없이 입맛만 까다로운 내가 머뭇거리면서도 사게 된 것은 사과밭 주인의 한마디 때문이다. 이미 다 익었기 때문에 지금 따서 시원한 곳에 보관하면 된서리를 맞으며 숙성된 부사 본래의 맛을 낸다고 한 말이다. 처음에는 때깔도 곱고 탐스러워 보이기는 하지만 왠지 깊은 맛이 덜한 것이 감칠맛이 좀 떨어지는 것 같았는데 그의 말대로 보관했더니 억세던 육질도 부드러워지고 맛도 한결 좋아진 걸 보면 역시 결이 삭아야 제맛이 나는가 보다.

길을 가다 우연히 마주치는 고가구점이나 헌책방은 그냥 지나치지 못하고 사뭇 기웃거리는 버릇이 있다. 그들이 살아낸 세월을 말해주듯 모서리에 상처가 나고 반질반질 손때가 묻어 있는 낡은 반닫이에서, 세월의 더께를 훈장처럼 받아 안고 누렇게 변색된 채 수북이 쌓여 있는 오래된 책들 속에서 그들과 함께 한생을 살아냈을 누군가의 곰삭은 삶의 체취를 느낄 수 있어서다.

먼지를 뒤집어쓴 채 고가구점 구석 자리에 있는 듯 없는 듯 놓여 있는 반닫이엔 무엇이 들어 있었을까. 특별한 장식도 없을 뿐만 아니라 여기저기 흠집이 난 그의 품새로 보아 대갓집 안방에 한 자리를 차지하고 앉아 귀중한 문서 보따리를 품지는 않았을 것 같고, 작은 토담집 안방에 머물면서 허름한 무명 옷가지 몇 벌쯤 품고 바지런한 주인의 발소리를 노랫가락처럼 여기며 긴 세월을 살아냈으리라. 낡고 손때 묻어 반질반질 윤이 나는 반닫이에는 곰삭히며 살아낸 그의 삶의 흔적들이 녹아 있을 게다.

귀퉁이가 해진 채 누런 곰팡이로 뒤덮인 책들의 페이지를 넘기다 보면 한자리에 붉고 푸른 밑줄이 여러 번 그어진 곳에 눈길이 머물기도 한다. 반갑고 정겹고 아프다. 숙연해지기까지 한다. 이 또한 뜻하는 바를 이루기 위해 수많은 밤을 지새웠을 옛 주인의 체취를 느낄 수 있어서다.

그들이 토해내는 낡고 오래된 향기 속에서 삭여내지 않고는 그 무엇도 쉽게 얻어지는 것이 아니라는 것을 깨닫는다. 결이 삭는다는 것, 곰삭아진다는 것은 어떤 것일까. 이는 본래의 성품이 세월 속에 녹아들어 숙성이라고 하는 과정을 거쳐 더욱 깊은 맛으로 다시 빚어지는 것일 게다.

잘 익은 사과라도 된서리를 맞으며 찬바람을 견뎌내야 비로소 제맛을 낼 수 있듯이, 오래된 장이라야 짠맛이 사라져 단맛을 내고 약이 되듯이, 세상 살아가기도 부딪쳐 깨어지고, 울고 웃기도 하며 곰삭아져야 달고 쓰고 맵고 짠 모든 맛을 아우를 수 있는 것이 아닐는지.

(한글문학 2020. 봄 여름호)

위로

제주도 함덕 해수욕장 근처에 걸어가는 늑대들이라는 '전이수 겔러리'가 있다. 마음이 너무 힘들어서 위로받고 싶은 날, 추적 추적 비가 내려서 몸과 마음이 바닥으로 내려앉을 것 같은 날, 그런 날에 가서 이수를 만나면 좋다. 참 이상하다. 아직 산다는 게 무엇인지도 잘 모를 어린 소녀가 그린 그림에서, 별로 문학적 이지 않은, 삐뚤빼뚤 더러는 철자법도 틀린 서툰 글에서 보는 이의 나이에 상관없이 위로받을 수 있다는 게 놀랍다.

오늘도 이수는 말한다.

"삶은 위험하고도 다채로운 경험이다. 슬프고도 푸르른 행복 이고 아픔이고도 호탕한 웃음이다. 신은 한 아이가 큰 어른에 이 르기까지 색다른 삶을 주기 위해 아픔과 고통, 슬픔과 행복을 가 지게 했다. 하지만 그 모든 것을 가지고도 행복할 수 있는 선택을 또한 주셨다."

"아름답게 살기 위해서는 아름다움을 찾아보는 게 좋겠다. 아마도 그걸 찾는 사람에게 더 잘 보일 것이다. 그것을 보고 배우고, 오늘 내가 배운 아름다움은, 지나가던 어른이 나에게 인사를 해 준 것이다."

이수는 그림을 통해 상한 마음을 가만가만 토닥여 준다. "삼촌 오늘은 어째 힘이 없어 보여. 무슨 일이 있어? 걱정하지 마. 다 괜찮을 거야."

혼자 쪼그려 앉아 있는 작은 여자아이를 선한 눈을 한 강아지가 꼭 안아 주면서 괜찮아! 괜찮아!

화폭 하나 가득 펼쳐진 푸른 보리밭이 순전한 몸짓으로 춤을 추며 속삭인다. 우리 함께 모여 춤추자고. 바람이 이끄는 대로 푸른 춤을 추다 보면 괜찮아진다고.

지팡이를 짚고 서 있는 할머니 등에 온몸을 기대고 있는 소녀들이 걱정하지 마셔요. 우리가 있잖아요.

앞을 볼 수 없어 지팡이 하나에 의지해 더듬더듬 학교에 가는 아이를 묵묵히 지켜보던 엄마가 괜찮아! 염려하지 말고 어서 가거라. 엄마가 있잖아!

그 무렵 몸도 마음도 힘들었다. 물에 젖은 솜처럼 무거웠다. 그런 엄마를 위로해 주겠다며 딸들이 준비한 여행에서 이수를 만났다. 작은 아이가 그린 그림이, 소박한 그 애의 글들이 가만 가만 나를 안아 주었다. 청보리밭의 푸른 물결이, 동산 위 나무 한 그루에서 환하게 파생되는 수많은 작은 꽃들의 속삭임이 가슴을 따뜻하게 어루만져 주었다. 그 시간 누구도 내게 위로의 말을 해주지 않았는데도 그냥 갤러리 안을 조용조용 걸어 다니며 그림을 보고 손글씨로 된 짧은 글들을 읽었을 뿐인데 내 안에 머물렀던 슬픔의 알갱이들이 서서히 녹아내리기 시작했다.

우리는 살아가면서 내가 누군가에게 위로받고 싶을 때가 있는가 하면, 위로를 간절히 바라는 이들을 만나기도 한다. 무엇이 진정한 위로일까. 별생각 없이 섣불리 건네는 말은 오히려 상처를 덧나게 하는 결과를 가져오기도 한다. 한 발짝 물러서서 그의 아픔을 깊이 헤아려 본 후 숙성되고 발효된 언어가 생각났을 때 비로소 조용히 건네는 한마디 말이, 때로는 가만히 안아 주는 것만으로도 위로가 될 때도 있다.

나는 오늘 한 번도 만난 적 없는 나보다 아주 어린 작은 아이 이수로부터 큰 위로를 받았다.

갤러리에 들어가기 위해 입장료 9,000원을 내면서 좀 세다고 생각했다. 그런데 그중 4,000원은 미혼모 센터에 기부하고 남은 5,000원으로는 비치되어있는 소품을 사거나 음료수를 마실 수 있다고 했다. 우리는 따뜻한 커피를 마셨다. 바람이 좀 차가웠는데 따뜻한 차를 마시니 몸도 마음도 훈훈해졌다. 입장료 중 일부가 미혼모 시설에 기부된다는 사실에 커피가 달았다. 내 이웃들의 아픈 현실을 보고 들으면서도 마음뿐이라 가끔은 아쉬웠는데, 나는 지금 이수의 갤러리에 와서 그의 그림을 보고 소소한 글을 읽으며 위로를 받은 것뿐인데 왠지 그들을 돕는 일에 나도 한몫 한 것 같은 생각이 들어 가슴 따뜻해졌다.

2

생生과 사死의
행간에 대하여

⊱

12월의 끝자락.

그는 홀연히 우리 곁을 떠나 영면에 들었다.

그토록 사랑하던 모든 것들을 내려놓고 가장 평안한 모습으로

조용히 당신 삶에 근간이 되었던 그분의 품으로 돌아갔다.

창조의 섭리에 따라 육은 흙으로 돌아가고

영은 지은이에게로 돌아가 안식에 들었다.

자연의 법칙을 순리로 받아들이며 생로병사의 과정을 거쳐

영원히 거할 그의 본향으로 주소를 옮겨 간 것이다.

– 본문 〈생生과 사死의 행간에 대하여〉 중에서

발아發芽

생명의 용트림이 시작되었다. 바람 끝이 따스하다. 떠나기 싫어 머뭇거리는 겨울의 끝자락을 몰아내고 메마른 대지 위로 햇살 한 줌씩 스며들기 시작하는가 싶더니 온 산야에 윤기가 돌기 시작한다. 봄의 전령사의 부름에 응답하며 척박한 땅, 돌자갈 틈새에 떨어진 씨앗까지 무거운 흙덩이를 들치고 여린 싹을 밀어 올리느라 분주하다. 입술을 앙다문 채 모진 겨울을 견뎌낸 잎눈 꽃눈들이 가만가만 내리는 봄비로 수혈받아 검푸른 수피樹皮를 뚫고 피어나는 중이다. 생명의 발아, 축제의 장이 열리기 시작한 것이다.

생명의 근원은 어디일까. 씨앗이다. 씨앗은 지난 어느 시점에서인가 발아發芽를 통해 태어난 한 생명이 소임을 다하고 생을 마감하면서 응집된 삶의 결정체를 다음 생을 위해 남겨놓은 위대한 산물이다. 씨앗들은 자연의 섭리에 따라 물, 산소, 햇살을 공급받아 발아發芽하고 모진 비바람을 견뎌내며 성장해 다시 왔던 곳으로 돌아가면서 또 분신을 남긴다. 소멸과 생성을 거듭하며 생명의 근원이 지속될 수 있도록 소임을 감당한다. 세상에 존재하는 생명 있는 모든 것들은 발아發芽라는 위대한 과정을 통해 태어난다. 발아發芽는 우주다.

새벽이슬을 머금고 꽃인 듯 티끌인 듯 피어 있는 벼꽃을 눈여겨본 적이 있는가. 볍씨 하나가 발아하여 하늘의 은총을 힘입어 푸르게 자라고 때가 되면 이삭이 패고 꽃을 피운다. 하도 볼품없어 자세히 보지 않으면 꽃인지 티끌인지조차 구분이 잘 안되는 꽃. 눈여겨 보아주는 이 없는, 하찮아 보이는 티끌 같은 꽃이 제 꽃가루받이를 통해 사랑을 나누고 생명을 잉태하면 낟알들이 열리고 여물어 결실한다. 그리고 사람을 먹여 살린다. 세상에는 생명 있는 모든 것들이 씨앗을 남기고 씨앗들이 발아하고 자라남으로 먹이사슬이 형성되고 그들의 희생과 헌신에 의해 우리네 삶이 유지된다. 발아發芽는 생명의 근원이다.

봄여름이 가고 가을이 깊어지기 시작하면 가을부터 꽃망울을 맺어 모진 겨울을 견뎌낸 뒤라야 꽃을 피워내는 꽃나무들 때문에 쓸데없는 몸살을 앓는다. 내가 걱정할 몫이 아니라는 걸 알면서도 아파트 앞 작은 정원에 있는 목련 나무나 철쭉 등에 꽃망울이 적게 맺히면 어떻게 하나 심란하다. 유난히 부실해 보일 때면 영양이 부족해서인가 싶어 관리실을 채근해 옆면 시비를 하는 등 억척을 떨기도 한다. 그러다 보면 어느새 나무는 튼실해지고 이듬해 봄이면 가지마다 탐스러운 꽃을 피워낸다. 그럴 때면 내 쓸데없는 오지랖이 나름의 몫을 감당했구나 싶어 안도한다. 곱고 실한 꽃을 피워낸 저들을 보며 눅눅한 심령이 꽃으로 피어난다. 생명의 발아가 안겨 주는 환희에 화답이라도 하듯 움츠러들었던 어깨가 펴지고 겨울을 살아내느라 굳게 닫혔던 마음의 빗장이 헐거워지기 시작한다.

생명의 발아는 이에 국한되지 않는다. 우주가 창조되던 태고의 어느 시점 창조주의 능력에 의해 빚어진 인간 안에 내재 된 생명의 근원인 씨앗은 인생의 가장 아름다운 시절 서로 만나 사랑함으로 여인의 자궁 안에 잉태된다. 순간 여인은 어머니라는 위대한 이름을 기쁘게 받아들인다. 이때부터 무한한 가능성을 가진 또 하나의 우주인 자궁은 발아한 씨앗을 키워내기 위해 온 힘을 기울인다. 생명을 품은 어머니는 몸 안의 진액들을 온전히 내어주기를 주저하지 않는다. 발아를 통해 생성된 생명은 모체와의 연결고리를 통해 영양분을 섭취하고 숨 쉬며 자라 꽃으로 피어난다.

내 안에 잉태되었던 작은 씨앗들도 눈부신 발아를 통해 성장하여 꽃으로 피어나 튼실한 나무가 되었다. 그들 안에 내재 되었던 씨앗도 성스러운 만남을 통해 발아하여 우주 공간의 일원으로 살아가며 제 몫을 감당하고 있고 저들 안에 살아 숨 쉬는 씨앗들도 때가 되면 사랑이라는 위대한 행위를 통해 발아해 세상의 일원이 될 게다. 인간은 발아라는 위대한 과정을 되풀이하며 생육하고 번성한다.

발아를 통해 세상에 온 나의 삶은 어땠는가. 내 안을 돌아보면 수많은 꿈이 생겨났다 사라졌음을 기억한다. 특별한 것 없는 산골의 어린 여자아이는 자라면서 늘 외로웠다. 교직에 계셨던 아버지를 따라 이사를 자주 다녀서인가, 사는 곳이 항상 낯설었고 놀아 줄 친구가 없어 거의 혼자였다.

초등학교 시절 아이의 친구가 되어 준 것은 학교 도서관에 있는 각종 문학전집이나 손바닥만 한 라디오가 전부였다. 되는 대로 뜻도 모르면서 책을 읽었다. 나이 때에 맞는 아동문학 전집은 물론이고 전혀 나이에 걸맞지 않은 책을 읽으며 어린 나이에 소설가가 되겠다는 꿈을 꾸기도 했다. 그런가 하면 작은 라디오에서 나오는 아나운서의 목소리가 좋아 숟가락을 입에 대고 말하는 흉내를 내기도 하며 아나운서가 되겠다는 야무진 꿈을 꾼 적도 있다.

오래된 기억이다. 우리 어린 시절엔 일 년에 몇 번 학교 운동장에서 영화가 상영되곤 했다. 어떤 이유에서였는지는 모르지만, 그 무렵 초등학교 때 4학년 교과서엔가 나와 있던 〈위문편지〉라는 글을 녹음해 영화가 시작되기 전 관객들에게 들려주기도 했었던 걸 보면 조금은 재능이 있었던 것도 같다. 그 후 중학교 1학년 국어 시간에 교과서에 수록된 글을 읽게 되었는데 말하는 것처럼 읽는다고 반 아이들이 웃어대는 바람에 큰 상처를 받아 오랫동안 남들 앞에서는 소리 내어 글을 읽지 않았다. 한창 예민한 시절에 겪었던 그 일은 소심한 성품의 아이를 더욱 움츠러들게 하는 계기가 되었던 것 같다. 아나운서가 되겠던 꿈은 그렇게 시도 한 번 해 보지 못하고 끝나고 말았다.

기억에는 없지만, 고등학생 때 내가 쓴 소설을 '신춘문예 응모작'이라며 어느 신문사엔가 보내라는 누나의 말에 등기로 보냈었다는 동생의 말을 듣고 놀랐다. 소설가가 되겠다는 꿈 역시 어설픈 시도 한 번으로 끝나고 말았다.

내 안에 무수한 꿈의 씨앗들이 싹텄음에도 의지가 부족해서인가 모두 사라져 버렸다.

씨앗의 발아는 거저 되는 것이 아니다. 무거운 흙덩이를 들추고 여린 순이 나오기 위해서는 힘듦을 감내하지 않으면 안 된다. 봄날에 피어난 고운 꽃들은 지난가을 어느 시점에서인가 꽃망울이 맺혀 삭풍을 견뎌낸 뒤에 비롯된 산물이다. 위대한 역사를 이루어낸 이들의 뒷면에는 발아한 꿈을 여물리기 위한 눈물이 있었음이다. 발아는 수고로움을 요구한다. 생명의 발아는 눈부시다.

(좋은 수필 2021. 8)

공존共存을 기대하며

　초여름 바람이 싱그럽다. 발현發現을 통해 존재가치를 알리는 바람의 애무에 온몸을 맡긴 바다는 그와 더불어 춤을 춘다. 여린 바람은 탱고의 선율이 되고 석양이 녹아들어 황금빛으로 물든 바다는 무한한 관능미를 발산하며 일렁인다. 바다도 심상心想을 흔드는 마력을 지닌 커피 향에 취했는가. 춤사위가 더욱 깊어져 보인다. 각기 다른 곳에서 발원한 물들이 그들의 지향점인 바다에서 만나 서로 얼싸안고 춤을 추는 속내는 어떤 것일까. 숱한 이야기들을 품고 해원의 바다에 이르러 속살 비비며 살아가는 저들을 보며 우리네 삶을 생각한다.

　커피 향에 이끌리어 먼 길을 달려 여기까지 왔다. 오감을 흔들어 깨우는 향내에 사로잡혀 도착한 곳. 석양이 내려앉아 붉게 물든 바다를 따라 펼쳐진 해변에 커피 전문점이 즐비하다. 커피의 거리답다. 향기가 질펀하다. 삼삼오오 거리를 누비는 청춘들로 풋풋하다. 그들만의 언어가 대화의 숲을 이루고 있다. 별나게 갖추지 않았음에도 스스로 빛을 내는 젊음이 아름답다. 왠지 조금 시고 떫어도 용납해 줘야 할 것 같다. 성숙을 향해 가고 있는 저들 속에 우리의 젊었던 날이 투영된다.

여기저기 나름의 특색을 지닌 모양새를 갖추고 오가는 발길을 붙잡으려 눈길을 보내는 커피 전문점 중에서 향과 맛과 품새까지 갖춘 곳을 찾는다는 것은 쉬운 일이 아니다. 이곳저곳 탐색 아닌 탐색을 한 끝에 결국은 객관적인 데이터에 초점을 맞추기로 한다. 지극히 세속적인 내 안목으로 살피다 보니 드넓은 바다를 바라보고 있어 전망도 좋은데다 목조 건물의 중후한 아름다움에 이끌려 그곳으로 들어섰다.

주문한 커피를 들고 조심스레 계단을 올라 3층에 들어서니 춤추는 바다가 한눈에 들어온다. 바다색을 닮은 아이들과 뒤섞여 그들의 이야기를 엿듣기도 하고, 오감을 흔들어 깨우는 향을 느낄 수 있다면 금상첨화가 아닌가 싶어 자리 탐색에 나선다. 전망 좋은 자리에 앉아 신선한 원두를 갓 볶아 방금 내려 크레마가 곱게 앉은, 조금은 시고 떫고 쌉쌀하며 구수한데다 꽃향기까지 어우러져 오묘한 맛이 나는 커피를 아주 조금씩 음미하며 춤추는 바다의 속내를 유추할 수 있다면 참 좋겠다 싶은데 아무리 둘러

봐도 그럴만한 자리가 없다. 생기발랄한 젊은이들이 모두 선점해 버렸다. 할 수 없이 전망과는 좀 거리가 있는 구석 자리에 엉거주춤 앉아서 찻잔을 내려놓지 못한 채 일어났다 앉았다 좌불안석이다. 따가운 눈총을 보내던 남편이 보다못해 옷자락을 잡아 앉힌다. 채신머리없이 뭐하냐는 표정이다.

좋은 자리가 나기만 하면 재빨리 달려가는 이들을 향해 곱지 않은 심정이 될 뻔했던 마음을 내려놓으니 다시 바다가 한눈에 들어온다. 자리는 별로 마음에 들지 않지만, 저들과 함께인 것이 어디냐며 마음을 다잡는다. 향도 날아가고 떫은맛만 나는 커피지만 달다. 나는 지금 이곳에서 기꺼이 행복한 이방인 되기를 자처하는 것이다.

얼마의 시간이 지났을까. 커피 거리와 연결된 해변도로를 따라 걷다 보니 길게 펼쳐져 있는 송림松林이 발길을 붙든다. 좀 전의 커피 거리와는 전혀 다른 풍경이다. 젊은이들은 간 곳 없고 세월의 무게로 중후해진 이들이 자판기 커피잔을 앞에 놓고 바다와 송림과 벗하며 삼삼오오 모여앉아 있다. 누가 구획을 구분지어 놓았는가. 노소가 듬성듬성 섞여 있어도 좋으련만.

이곳에는 아름드리나무부터 둘레가 몇 뼘밖에 안 돼 보이는 어린나무들까지 크고 작은 소나무들로 가득하다. 소나무의 모양새 또한 다양하다. 어떤 것은 하늘을 찌를 듯 곧게 자랐는가 하면 태풍에 가지가 부러져 온전치 못한 것들도 있다. 수령이 많아 힘에 부쳐서인가 이웃하고 있는 튼실한 나무의 어깨에 의지하여 서 있는 노송老松에 눈길이 머문다. 담홍淡紅색이던 수피樹皮가 검붉어지고 혼자서는 서 있을 수도 없을 만큼 노쇠해졌음에도 그의 모습이 당당해 보인다. 한 시대를 풍미하며 생의 희로애락을 감내하고 꿋꿋하게 살아낸 삶의 연륜이 녹아 있는 그의 품새에서 범접할 수 없는 위엄마저 풍기는 것 같다. 노쇠한 몸을 이웃의 튼실한 어깨에 기댄 채 살아가면서도 의연해 보이는 것은 아마도 그도 젊은 날 그의 어깨를 기꺼이 내어주었음을 상기하며 주눅들지 않고 당당히 기대고 있는 것인지도 모른다. 혈기 왕성한 튼실한 나무 역시 그것을 알고 있고 그도 때가 되면 누군가에게 기대야 함을 알기에 기쁘게 어깨를 내어 줄 수 있는 것일 수 있으리라 싶다. 어깨를 내어 준 자, 기댄 자 모두 주어진 현실을 인정하며 받아들이는 모습에 숙연해진다. 조화를 이루며 살아가는 모습이 아름답다.

울창한 송림 사이로 석양이 내려앉고 있다. 황금물결 일렁이는 바다와 더불어 아름다운 하모니를 이룬다. 솔향이, 알싸한 커피 향이, 바다 냄새가 청량제가 되어 내게 스민다. 바다와 송림과 내가 하나가 된다. 송림松林이 무성한 길을 걸으며 솔향을 만끽하며 그들이 살아가는 이야기를 듣는 것만으로도 사람살이에 지친 심령이 위로되고 쉼을 얻기에 족하다. 서로 부대끼며 보듬고 살아가는 자연에서 사람살이의 지혜를 배운다. "서재에서 책을 읽듯 숲이라는 책을 읽을 줄 알면 인생에 새로운 학위가 주어진다.(에머슨)"고 하지 않던가.

(좋은 수필 2018. 10.)

빛나고도 슬픈 언어

무서리가 흠뻑 내렸다. 조석으로 찬 바람이 불더니 모진 흔적을 남겼다. 성하盛夏를 온몸으로 받아들이며 제 분신들을 키워내느라 지친 빛이 역력했지만, 그런대로 푸르렀는데 밤사이에 고춧잎이며 호박잎이 삶아 놓은 것처럼 돼버렸다. 차창 밖으로 스치는 풍경은 스산한데 차 안은 흘러나오는 노래 가사로 흥건하다.

여보게. 그대 지금 어떻게 사는가/ 자네 집사람도 안녕하신가/
자네도 지금 힘들지 않은가/ 그래도 용기를 잃지 말게
　　　　　　　　　　　　　　　　　-남일해/ 안부 부분

별일 없느냐는 전화 한 통에, 밥은 먹었느냐는 말 한마디에,

매운바람이 불기 시작하는데 잠자리는 따뜻하냐는 문자 하나에 누군가는 울고 웃는다. 목이 멘다. 이 말 한마디를 듣지 못해 절망하다 생을 포기하기도 한다. 그 사람이 오는 것도 아닌데 무에 그리 반가워 울고 웃는지 모를 일이다.

세상이라고 하는 드넓은 광장 안에는 수많은 사람이 부대끼며 살아간다. 나라고 하는 개체도 이들 속에 혼재되어 있으면서 상황에 따라 가족이라고 하는 최소 단위로 시작해 크고 작은 공동체의 일원이 되기도 하는 등 아주 다양한 유기적인 관계를 형성한다. 우리는 이 범주 안에 속할 수밖에 없고 여기에는 소통이라고 하는 명제가 주어진다. 감당해야 할 소임을 다하지 못해 소통의 부재가 발생하고 이에 의해 누군가는 기다림에 지쳐 몸살을 앓는다. 공동체는 허물어져 모래알이 되고 만다. 소식을 주고받는다는 것은 소통한다는 것이고 소통하는 것은 관계의 끈을 단단히 이어주는 윤활유다.

언제부턴가 세상은 급속도로 변해버렸다. 말도 짧아지고 삶의 행태도 달라져서 순간순간 당황스럽다. 완성된 하나의 어휘를 이루는데 필요한 요소들을 배제하고 그 어휘 안에 있는 단어를 여기저기에서 골라 새로운 말을 만들어낸다. 혼자 술을 먹는다는 말이 '혼술'이 되고 혼자 밥을 먹는다는 말이 '혼밥'이 되었다. 변하는 것은 언어뿐 아니다. 우리네 삶의 행태도 많이 변했다.

상처를 주는 사람보다는 강아지가 좋고 고양이가 좋다며 동물들과 동거하는 것이 더 좋다는 이들도 있다. 이도 저도 다 싫어서 생명이 없는 무생물과 더불어 무언의 대화를 하며 살아가는 것이 좋다는 이들도 있다고 한다.

동물은 동물의 삶이 있고 사람은 사람의 삶이 있는 것으로 알았는데 언제부턴가 언어가 혼탁해져서 사람이 동물의 엄마가 돼버렸다. 사람으로부터 받은 상처는 사람을 통해 치유돼야 함에도 그 외의 것들을 통해 위로받으려 한다. 이도 좋고 저도 좋지만 그런 상황들이 사람을 대신할 수는 없지 않을까. 나는 왠지 변해가는 사회의 이런저런 일들이 사람과 사람의 관계 이상이 되는 것은 아닌가 싶어 안타깝다.

신이 우주 만물을 창조하면서 사람에게 부여한 특별한 선물은 무엇일까. 사람은 생각하고 말하는 기능을 부여받았다. 그럼에도 이런저런 이유를 들어 마음의 빗장을 닫아걸기 일쑤다. 싫다는 말도 좋다는 말도 너무 아낀다. 더러는 허심탄회하게 속마음을 털어놓아 내 안의 것들을 비워내는 것도 간극間隙을 해소하는 데 좋으련만 미루다 소통의 길이 막혀 단절의 아픔에 몸서리칠 때도 있다. 대화의 터널이 막히는 바람에 그와 나에게 다가올 눈부신 시간을 흘려보낸다면 이 또한 슬픈 일이 아닐 수 없다. 서로 부대끼며 살아가다 보면 상처를 주고받을 수밖에 없는 게 사람살이지만 그들이 내 곁에 있고 그들 곁에 내가 있을 수 있어 얼마나 다행인가. 원근 각지에 나를 기억하는 누군가가 있다는 것만으로도, '요즈음 별일 없느냐'며 소식을 물어 오는 이들이 있는 것만으로도 위로받을 수 있는 게 사람살이다. 세상 속에는 생명 있는 것들에서 무생물에 이르기까지 우주 만물이 존재하지만, 그 속에서 사람을 빼면 무엇이 남을까.

무심하다는 것이 피붙이들을 외로움에 떨게 한다는 것을 실감하지 못했다. 오근자근 하지 못한 성격 탓에 부모님을 많이 외롭게 했다. 별일 없이 잘 계시겠지, 요즈음 너무 바빠서, 이런저런 구실을 붙여 차일피일하다 그 흔한 '요즈음 별일 없으시냐는, 편찮은 데는 없느냐'는 안부 전화도 드리지 못한 채 꽤 많은 시간이 흘러갔음에 소스라치게 놀라곤 했었다. 그러면서도 내 성격이 원래 그렇다는 것을 아시리라 생각했다. 그런데 나는 지금 내 아이들의 성격이 원래 그렇다는 걸 알면서도 더러는 섭섭하다. 이전에 어머니 아버지도 무심한 당신 딸 때문에 많이 외로우셨을 것이라는 걸 이제야 알 것 같다.

세상은 날로 복잡해지고 있다. 군중 속에 어울려 살아가지만 고독하다. 이런저런 이유로 피붙이들과 의절하고 살아가면서 근원적인 외로움에 몸서리치는 이들도 있다. 배가 고파서 삶을 포기하기보다는 고독해서 삶을 등지는 이들이 많다는 현실이 아프다. 우리는 지금 불행하게도 세계에서 자살률 1위라는 아픈 현실에 직면해 있다. 세상은 빛의 속도만큼이나 빠르게 발전하는데 비례해 사람과 사람과의 관계는 소통의 부재로 인간 본연의 따뜻한 감성에서 점점 멀어지고 있는 것은 아닌지 모른다. 때로는 문명의 이기가 가져다준 산물 앞에서 당혹스럽다. 어이없게도 나는 끊임없이 변해가는 세상에 적응하려 들기보다는 인간에게 주어진 본질에의 희귀를 갈망하고 있으니 어찌하면 좋을까.

안부라고 하는 단어는 어떤 것일까. 언뜻 느끼기에는 아주 덤덤한 무맛이고 무채색 같아 보인다. 그러나 곱씹어보면 무맛이고 무채색인 이 말 속에는 무한한 생명력이 있어 사람을 살리기도, 죽이기도 하는 빛나고도 슬픈 언어다. 오늘 나는 "여보게, 그대 지금은 어떻게 사는가. 그래도 용기를 잃지 말게."라는 아주 평범한 어휘에 감동해 눈시울이 젖는다. 조락해 가는 자연의 모습 때문인가. 조용히 흘러나오는 노래 가사 탓인가, 사랑하는 이들의 소식이 그리운 날이다.

생生과 사死의 행간에 대하여

    지난겨울은 모질고 길었다. 오래지 않아 그가 우리 곁을 떠나 본향으로 돌아가야 한다는 냉혹한 현실 앞에 망연자실했다. 반백 년이 넘는 세월, 어찌 보면 인생의 가장 치열했던 날들을 울고 웃으며 함께 해온 그 사람과 나, 우리는 그가 그토록 사랑했던 이들과 함께 할 수 있는 날들이 얼마 남지 않았다는 것을 알고 있었다. 그럼에도 아무렇지 않은 듯 일상을 보냈다. 끼니마다 밥상을 차리고 마주 보며 밥을 먹었다. 볕 좋은 날엔 지인들과 만나 담소도 하고, 그는 매일 일기를 쓰고 신문을 보고, 성경을 필사하고, 때로는 별것 아닌 일을 가지고 설왕설래 다투기도 하며 하루하루를 살아냈다. 그를 떠나보내야 하는 나나, 사랑하는 이들을 두고 가야 하는 그나 우리는 서로가 너무 안쓰러워 수없이 속울음을 삼켰다.

12월의 끝자락. 그는 홀연히 우리 곁을 떠나 영면에 들었다. 그토록 사랑하던 모든 것들을 내려놓고 가장 평안한 모습으로 조용히 당신 삶에 근간이 되었던 그분의 품으로 돌아갔다. 창조의 섭리에 따라 육은 흙으로 돌아가고 영은 지은이에게로 돌아가 안식에 들었다. 자연의 법칙을 순리로 받아들이며 생로병사의 과정을 거쳐 영원히 거할 그의 본향으로 주소를 옮겨 간 것이다.

자음과 모음이 만나야 하나의 글자가 완성되듯 무촌인 그와 나 우리 두 사람이 만나 서로 합일을 이루며 생육하고 번성하라는 생의 기본 원칙, 자연의 법칙에 순응하며 55개 성상을 함께했다. 그리 살아내는 동안 무촌에서 1촌인 부모 자식 관계, 형제자매 동기간 등의 가족 관계가 형성되었다. 갈팡질팡 환희와 눈물의 시간들이 켜켜이 쌓여갔다. 때로는 삶의 행간 사이로 불어대는 모진 바람을 견디느라 안간힘 했고, 지고 가야 하는 짐이 너무 무거워 그만 내려놓을까 수없이 갈등했지만, 용케도 잘 견뎌내었다. 아이들이 태어날 때면 생명의 신비로움에 환호했고 무탈하게 자라 제 짝들을 만날 때엔 내가 키운 자식보다 선물로 와준 자식들 고운 품성에 감사했다. 손주들이 태어나 커가는 모습을 보면서 그들이 자라 사람 노릇을 하며 살아가기를 기도하며 축복했다.

무촌인 부부는 무엇으로 사는가. 사랑이라는 이름으로 맺어진 두 사람의 결합이라고 하지만 태생이 다른 이들이 만나 한 번도 경험해보지 않은 날들을 살아가는 것이기에 삶의 무늬가 삐뚤거릴 수밖에 없을 터. 우리 부부도 그랬다. 결 고운 세모시에 연분홍 꽃물 들인 옷 한 벌 해 입을 만큼의 베를 짜고야 말리라는 간절함으로 늘 목이 말랐다. 그러나 삶이라고 하는 베를 짜는 일은 그리 녹록지 않았다. 채우고 비워내기를 반복하며 여기까지 왔다. 수없이 돋아나는 쓴 뿌리들을 뽑아내며 한뉘를 살아내는 동안 굳은살이 박혔다 풀어지기를 수없이 반복했다. 삶이라고 하는 긴 터널을 지나는 동안 사랑이란 이름은 서서히 소진되고 그 자리에 사랑이 곰삭고 곰삭아져서 고인 측은지심惻隱之心이 긴 날들을 살아내게 하는 버팀목이 되어 주었다. 세월 따라 변해가는 모습이 안쓰러워 서로를 보듬었다.

그는 평생 가르치는 일에 헌신하며 살았다. 교사 초임 시절 자의가 아닌 타의에 의해, 고물상에나 갖다주면 딱 맞을 자전거를 타고 기성회비를 받으러 가야 하는 현실을 두고 절망했다. 막상 가서 그들의 형편을 보고 아무 말도 못 하고 돌아오면서 바지 주머니 속을 휘저어 보아도 검정 고무신 한 켤레 값도 안 되는 구겨진 지폐 한 장뿐인 가난한 훈장의 현실이 너무 싫다며 안타까워하던 그의 모습을 잊지 못한다.

자모가 가져온 마늘 한 접을 무심코 받은 소갈머리 없는 아내에게

"공납금을 내지 못해 기죽어 있는 녀석의 모습이 너무 안쓰러워 공납금 한 번 내준 것뿐인데, 아이의 모친이 그것을 팔아 가족들 먹일 입쌀 사려고 손톱이 망가지도록 자갈밭 일구어 얻은 소산물을 생각 없이 받았느냐."며 나무라던 모습을 기억한다.

30여 년 동안 교직에 헌신하면서 길러낸 그의 제자들은 이미 반백의 나이를 넘어 사회에서 나름의 몫을 감당하며 살아가고 있다. 살아생전 당신의 제자들이, 속살 내어주면서도 아픈 줄 모르고 가장의 삶을 잘살아간다는 소식을 들을 때면 흐뭇해 함박 웃음을 웃곤 했다. 그들의 소식이 듣고 싶어 손안의 휴대전화는 항상 열려 있었고 그것이 노년을 살아가는 그의 낙이었다. 역시 그는 훈장이 천직이었지 싶다.

노스승을 보내며 애통해하던 그의 제자들을 보며 생각한다. 그의 삶이 헛되지 않았다는 것을.

"떠나는 이는 달려갈 길을 마치고 본향으로 돌아감에 순응하며 기쁘게 가야 하고, 보내는 이들은 그의 떠남이 아쉬워 눈물짓는 이들이 많아야 한다."는 누군가의 말을 기억한다. 죽음의 행간 속에 망인의 생전 살아온 삶의 궤적들이 투영된다는 사실 앞에 전율할 수밖에 없다.

나는 지금 삶과 죽음의 좁힐 수 없는 거리 앞에서 갈피를 잡지 못하고 순간순간 당황한다. 배우자를 잃는다는 것이 어떤 것인가를 처절하게 앓는 중이다.

"누군가가 죽었다는 것은 그의 존재가 아주 사라졌다는 것이 아니다. 다만 물리적으로 생겨난 형체가 사라졌을 뿐 영혼은 살아서 존재한다. 그러므로 살아있는 이는 그와 여전히 대화한다. 부재를 통해 새로운 것을 발견하기도 한다. 죽음으로 인한 부재 속에서 떠난 사람의 새로운 부분을 발견할 수도 있기에 사후의 사랑도 자랄 수 있다."는 헬리 라우어의 말을 나는 믿는다.

그는 지금도 여전히 따사로운 숨결로 내 곁에 머물고 있다. 형체는 바뀌었지만 내 생이 다하는 날까지 내 곁에 머물면서 함께 호흡할 것이다. 나는 오늘도 그에게 일상을 이야기한다.

"오늘은 날씨가 좋아 연초록 티셔츠에 베이지색 스커트를 입고 운동화를 신고 버스를 타고 시장에 가 상추 모종 5포기를 사 왔어요. 안 타던 버스도 타고 보니 두루두루 세상 구경할 수 있어 괜찮더라고요. 이번 토요일엔 '저희 세 식구가 집에 내려가자고 오겠다'며, 어미한테서 전화가 왔어요."라고.

그가 떠나면서 남긴 무언의 한 마디는 무엇이었을까.

(문학미디어 2022. 겨울호)

105동 149호

이곳에 그가 산다. 그가 사는 목련공원 105동엔 다양한 이들
이 함께 모여 살고 있다. 그의 바로 옆집엔 앳된 은별이가 주인
이고 뒷집엔 건장한 청년이 주인이다. 오가는 이들의 모습도 천
차만별이다. 어느 집엔 하루가 멀다며 찾아오는 이들이 있는가
하면 아예 오지 않는 집들도 있는 것 같다. 유리창이 깨끗한지,
주인의 문패와 사진이 맑고 환한지를 보면 알 수 있다.

지난겨울 모진 칼바람이 불던 날 그를 이리로 보내 놓고 수개
월 후에야 보러 온 나를 '형수님 오셨느냐'며 반가이 맞아준다.
"날씨가 추워서이기도 하고 너무 분주해서였다."라는 등의 궁색
한 핑계를 대는 내게 괜찮다며 평소처럼 소리 없이 웃는다. 혼자
라면 쓸쓸할 텐데 옆집 은별이도, 뒷집 청년도 있고 말벗이 되어
줄 이웃들이 있기에 지낼 만하단다. 며칠 전에 집사람이 손자 녀

석을 데리고 왔었는데 그사이 아이가 훌쩍 컸더라며 웃는 모습이 짠하다.

이런저런 이야기를 나누고 있는데 인기척이 들린다. 건너편 집에 손님이 찾아온 것 같다. 자그마한 체구의 중년 남자와 중학생쯤 되어 보이는 사내아이다. 두런두런 이야기 소리가 들린다. '아이와 나는 밥도 잘 먹고 잘 지내고 있으니 너무 염려하지마.' 남자의 말로 봐서 건넛집 여인은 이곳에 입주한 지 얼마 되지 않았고 저 남자의 아내인 모양이다. 아내가 두고 온 가족의 소소한 일상을 염려하느라 편치 못할까 봐서, 아내를 먼저 보내 놓고 어떻게든 살아보겠다고 스스로에게 다짐하는 듯한 그의 모습이 애잔하다.

옆집 은별이에게서 눈을 뗄 수가 없다. 사진 속 웃는 모습이 해맑다. 유리문이 맑고 투명한 것으로 보아 엄마 아빠가 다녀간 모양이다. 오늘도 애타는 마음을 어쩌지 못해 서로 부둥켜안고 얼마나 많은 눈물 바람을 일으켰을까. 어린 딸을 이곳에 홀로 두고 가야 하는 발걸음은 또 오죽했을까. 차마 발길을 돌리지 못하고 서성였을 아이의 부모가 눈에 선하다. 아이의 얼굴을 가만히 쓰다듬어 본다. 문을 열고 뛰어나와 부모 품에 안길 수 있다면 얼마나 좋을까 싶어 순간 목이 멘다.

긴 날들을 살아내면서 겪지 않으면 좋았을 가족 간의 헤어

짐이 여러 번 있었다. 양가의 부모님들이 떠나시고 아래로 가족 간에 아픈 헤어짐을 맛보아야 했다. 어머니 아버지를 보내드린 뒤 끝없는 상실감에 허우적거렸다. 그분들을 다시 볼 수 없다는 사실 앞에 절망하고 또 절망했다. 무기력감으로 몸도 마음도 가눌 수가 없었다. 길을 가다가도, 밥을 먹다가도, 나뭇잎이 흔들리는 것만 봐도 흐르는 눈물을 주체할 수 없었다. 이는 내가 그분들을 얼마나 사랑했나, 그렇지 않나에 문제가 아니었다. 살아생전 다시는 볼 수 없다는 보다 근원적인 상실감에서 비롯된 슬픔이었다. 그럼에도 해가 갈수록 슬픔의 농도는 점점 엷어졌고 이제는 아련한 그리움으로 남아 있다. 이는 아마도 그분들의 떠남을 순리로 받아들이려는 나의 이기심 때문인지도 모른다.

아래로 두 제부가 떠난 지 수십여 년이 지났어도 여전히 아프다. 인간이 생각하는 상식의 잣대로 보았을 때 명을 다하지 못하고, 해야 할 소임을 다하지 못한 채 떠나버려서인가. 망부석이 되어가는 동생들을 보면서, 어렸던 조카들이 어른이 되어가는 모습을 보면서 가슴속에 늘 안개비가 내렸다. 어떤 때는 우리 부부가 함께 늙어가고 있다는 사실이 괜스레 민망했다.

누구도 생명의 연한에 대해 알 수 없다. 인간의 잣대로 이만큼 살았으면 되었다는 말을 들으며 본향으로 돌아갈 수 있다면 참으로 좋으련만 이는 인간의 권한 밖이니 어찌하랴. 생명을 주신이도, 거두어 가는 것도 오로지 그분의 영역이기에 순응할 수밖에 없다.

살아 있는 자와 유명을 달리한 자 사이에 어떤 완충작용을 할 수 있는 그 무엇이 있으면 좋으련만 그것은 불가능한 일이다. 삶과 죽음이라는 극명兢明한 좁힐 수 없는 거리 앞에 떠나는 이나 남은 자 모두 망연자실할 수밖에 없다. 일상의 삶을 공유하던 이들 중 누군가가 홀연히 곁을 떠나 현존에서 부재가 되어버린 상황을 설명하기에 적절한 언어는 없다. 죽음이라는 것으로 나뉜, 볼 수도 만질 수도 없는 상황에서 비롯된 상실의 고통을 껴안아야 한다는 사실 앞에, 사랑하기를 멈춰야 하는 잔인한 현실에 절망할 뿐이다.

사위四圍가 조용하다. 이곳 105동도 적요寂寥하기 그지없다. 좀 전만 해도 새로 입주하는 이로 한바탕 소용돌이가 일었는데 그들도 돌아가고, 어린 아들과 함께 아내의 얼굴을 쓰다듬으며 두런대던 중년 남자도 돌아간 것 같다. 돌아서 나오는 길. 분향 단위에 놓여 있는 꽃다발에서 나는 향기가 스산하다.

'메멘토모리 죽음을 생각하시오' 두렵고 떨리는 한 마디가 바람을 가르고 귓전을 울린다.

(에세이21 2018. 여름호)

처방전

시도 때도 없이 눈물이 난다. 가슴에 돌덩이가 얹힌 것처럼 답답하고 심장이 폭발할 것 같은 통증에 잠을 잘 수 없다. 수면 유도제 졸피뎀 반 알을 삼키고서야 겨우 잠이 들 때가 많다. 하늘이 너무 맑고 푸르러서, 무채색에서 유채색으로 물들어가는 산야가 너무 아름다워서 심술이 나고 화가 나기도 한다.

정신과 의사에게 물어봤다.

"눈물을 멎게 하는 약은 없는가. 기복이 심한 감정을 다스리는 약은 없는가?"

그런 처방은 없단다. 6개월을 버텨보란다. 의학적으로 배우자를 먼저 보냈거나, 자식을 가슴에 묻는 등의 극한의 슬픔에서 오는 감정의 변화는 통상 6개월을 버티면 점차 나아진다는 것이 의학적 견해라나 뭐라나!

그러니 어머니도 6개월을 버텨보란다. 내 안의 소우주가 떠나고 난 뒤 눈물바람하며 지내는 내게 정신과 의사인 우리 박서방이 내린 처방이다.

그런데 그 처방은 좀 빗나간 것 같다. 6개월이 훨씬 지났어도 여전히 나는 아프다. 좀체 나아질 기미가 보이질 않는다. 눈물샘이 고장 난 건지 감정을 조절하는 특수 기관이 제 기능을 하지 못하는 건지….

그가 내린 또 다른 처방전. 원래 상처가 생기면 저절로 곪아서 터질 때까지 기다려야지 짜내려고 인위적인 방법을 쓴다면 덧나기 쉬우니 상처가 곰삭아져서 터지기를 기다려야 한다고. 눈물이 나면 실컷 우시라고. 그래야 가슴에 얹힌 돌덩이가 삭아서 없어진다고.

나는 그 말을 믿기로 했다. 하여 눈물이 나면 울고 가슴이 답답하면 답답한 대로 견딘다. 그래도 다행인 것은 혼자라서 좋다. 눈물을 감출 필요도, 가슴이 답답해서 승냥이처럼 으르릉거리며 집안을 돌아다녀도 눈치 볼 일 없어 다행이다.

그리고 생각한다. 지금 내가 겪는 이 아픔을 대신할 수 있는 이는 아무도 없다는 것을. 경험하지 않고서는 누구도, 내 속으로 낳은 자식이라 해도 전혀 알 수 없는 일이라는 것을.

아버지가 떠나셨을 때의 슬픔을 어떤 말로도 글로도 표현할 수 없다. 아버지를 다시는 볼 수 없다는 상실감에 고통스러웠다, 그러나 시간이 지나면서 그분이 떠나는 것은 생로병사에 의한 자연스러운 것으로 생각했다. 아버지 먼저 보내드리고 홀로 남은 어머니의 심정을 깊게 헤아리지 못했다. 그때 어머니는 평생 당신을 아프게 했던 배우자를 팔십이 다 된 연세에 보내면서도 슬픔의 무게를 감당하지 못해 혼절하셨었다. 두 분이 사시면서 별로 행복해 보이지 않았는데 저 정도로 슬플까 의아했다. 그뿐 아니고 일찍이 홀로된 자식들도 있는데 꼭 그래야만 할까. 불효막심한 생각을 하기도 했다.

그런데 이제야 알겠다. 어머니에게 있어서 아버지를 떠나보내야 하는 일은 두 분의 사이가 얼마나 좋고 나쁨의 문제가 아니라 보다 근원적인 상실감에서 오는, 그동안 살아온 당신 삶의 한 축이 무너져 내리는 고통이었으리라는 것을. 어머니에게는 어머니만의 슬픔이 있다는 것을 어머니와 비슷한 나이에 그 사람을 보내고 감당할 수 없는 상황에 맞닥뜨리고서야 비로소 알게 되었다. 한 생명이 태어나는 것은 하나의 우주가 태어나는 것이고 한 생명이 떠나는 것은 하나의 우주가 사라지는 것이라고 하지 않던가.

무엇이 그리 서러운지 달래고 달래도 울고 있는 아이를 보고 '그래 여섯 살짜리에게는 여섯 살짜리의 슬픔이 있겠지.'라고 누군가 말했다. 그렇다. 모두에게는 그들이 처한 상황에 따라 슬픔의 무게도 다르다. 젊은 날 배우자를 잃은 이들은 긴 긴 날들을 어떻게 혼자 살아야 하나. 여기에 자식들을 키워내야 하는 삶의 무게까지 더해져 억장이 무너질 것이고, 긴 세월을 함께한 뒤 홀로 남은 누군가는 지지고 볶은 세월의 무게만큼의 깊이에서 오는 회한으로 가슴이 타들어 갈 것이고.

도대체 무슨 일이?

　횅하다. 자정이 되려면 아직 멀었는데도 거리가 한산하다. 거리의 카페 안에서 삼삼오오 모여앉아 사랑을 이야기하고 청춘의 고뇌를 나누던 젊은이들도 거의 보이지 않는다. 일찌감치 문을 닫아버린 상가들로 거리엔 어둠이 내려앉고 스산한 바람만 오고 갈 뿐이다. 도심의 골목 여기저기에서는 문 닫은 상가들이 늘어나고 유리창엔 휴업, 폐업이라고 써붙인 흰 종이가 을씨년스럽다. 삶의 터전을 잃어버린 이들의 절망적인 모습에 가슴이 저리다. 도대체 무슨 일이 일어난 걸까.

　얼마 전까지만 해도 이 거리는 활기로 넘쳐났었다. 쇼윈도우에서 비치는 따뜻한 불빛, 스피커를 통해 흘러나오는 아름다운 선율. 삼삼오오 짝을 지어 오가는 이들이 뿜어내는 거리의 풍경들이 어우러져 사람살이의 장이 익어갔었다. 그런데 어느 순간

부터 흥겨운 노랫소리도, 따뜻한 불빛도 오가는 이들의 발걸음도 뜸해진 바람에 거리에서 온기가 사라져버렸다.

지금 우리 사회는 갑자기 불어 닥친 원치 않는 전염병의 창궐로 인해 심한 몸살을 앓고 있다. 팬데믹이니, 언텍트니 하는 낯선 언어가 등장했다. 연일 월드 뉴스에서 보도되는 엄청나게 늘어나는 환자 수와 사망자 수에 심장이 쿵쿵댄다. 전염병 확진자 현황을 알려주는 공공의 메시지로 인해 손전화는 연일 신호음을 보낸다. 마스크라고 하는 입마개는 통상 일소나 쓰는 것으로 알았는데 지금은 우리네 사람이 입마개를 하지 않고서는 아무 데도 갈 수 없다.

우연히 길을 가다 지인을 만나면 서로 손잡고 인사를 하며 안부를 묻고 정담을 나누는 게 우리네 삶의 모습이었는데 그마저 할 수 없게 되었다. 한동안 소원했던 이들이 생각날 때면 서로 만나 더운밥 한 그릇을 나누며 담소를 나누다 보면 사람살이의 고단함도 털어낼 수 있었는데 이 또한 여의찮다. 아무런 제한 없이 거리를 활보하고 지인들과 서로 소통할 수 있는 소소한 일상이 얼마나 귀하고 소중한 것이었나를 새삼 깨달아가는 요즈음이다.

지난 우리의 삶을 돌아본다. 그동안 우리는 어쩌면 내가 누리고 있는 보편적인 삶의 가치를 망각한 채 지나치게 방만한 삶을 살지 않았나 싶다. 값없이 얼마든지 마실 수 있는 공기. 마음만 먹으면 어디든지 갈 수 있는 주거의 자유. 보고 싶은 이들을 언제든지 볼 수 있는 만남의 축복. 사시사철 때를 따라 놀랍게 변화하는 자연의 아름다움을 만끽할 수 있는 삶의 여유로움. 돌이켜보면 우리네 삶은 넘치게 풍요로웠다. 그럼에도 그동안 이에 대해 소중함을 잊고 살지는 않았는지, 인간관계를 허물고, 자연을 훼손하는 일에 알게 모르게 동참하지는 않았는지 모른다.

지금 우리가 겪고 있는 이 세균과의 전쟁은 어쩌면 일상의 삶의 귀함을 알라는, 버겁다고 놓아 버린 소중한 이들의 손을 붙잡으라는, 우리에게 허락된 자연의 모든 것들이 얼마나 소중한 것인지 돌아보라는 준엄한 경고 같기도 하다.

더러는 버겁다 싶을 때도 있겠지만 부모 형제 피붙이들이 있어 그들로 인해 울고 웃을 수 있다는 것은 얼마나 큰 축복인가. 사랑하는 지체들과 수시로 만나 차 한 잔을 나누며 살아가는 이야기를 나눌 수 있다는 것은 또 얼마나 복된 일인가.

이제 곧 원근 각지에 흩어져 있던 피붙이들이 만날 수 있는 고유 명절 설이다. 지난 중추절의 풍경은 듣도 보도 못한 일 들이 벌어졌었다. 노부모들이 코로나가 걱정되니 오지 말라는 현수막을 들고 우리는 괜찮다며 웃고 있는 모습이다. 그들의 웃음 뒤에는 보고 싶은 이들을 볼 수 없는 아픔이 서려 있음을 우리는 알

고 있다. 지난 중추절에도 오가지 못하는 쓸쓸함을 달래느라 힘
겨웠는데 이번 설 명절만큼은 역병이 사라져 그동안 소원했던
가족들이 한자리에 모여 정담을 나눌 수 있길 간절히 바란다.

오래지 않아 온 산야는 초록으로 눈부시고 꽃들이 만개하리
라. 그때가 되면 서로 어깨를 부딪치며 걸어도, 입마개를 하지
않아도 민망하지 않은 날이 되길 소망한다.

그동안 문을 닫았던 가게들에서 따사로운 불빛이 흘러나오고
소원했던 이들이 삼삼오오 만나 두 손 마주 잡고 정담을 나눌 수
있는 날들이 속히 오길 바라는 마음 간절하다.

(2022. 1.)

가장家莊

"아버지 제가 아비가 되고 보니 아버지로 산다는 것이 얼마나 힘든 일인가를 비로소 알게 되었습니다. 아버지 그동안 정말 애 쓰셨습니다. 고맙습니다."

영면에 든 제 아버지를 보내드리며 아들이 한 말이다.

가장의 삶은 축복인 동시에 고단함이다. 신神은 사랑의 결실로 탄생한 가정을 축복함과 동시에 생육하고 번성하라는 준엄한 명령과 더불어 권위와 책임을 가장에게 부여하지 않았나 싶다. 그래서인가. 우리의 가장들은 누가 일러주지 않아도 어떻게 하면 소임을 더 잘 감당할 수 있을까를 두고 설레며 고민한다. 더불어 자신의 둥지 안에 살아가는 이들이 자신의 보살핌 속에서 평안함을 누리며 성장해 갈 때 최상의 행복을 경험한다.

가장이 푯대를 바로 세워야 세상이라는 바다를 항해할 때 모진 풍랑도 견뎌낼 수 있다는 것을 그들은 이미 알고 있다. 하여 때로는 지워진 짐이 무거워 내려놓고 싶지만, 초인적인 힘을 짜내면서라도 끝까지 지고 가려 하는 게 우리의 가장들이다. 지치고 힘들 때, 일터를 잃어야만 하는 극한의 상황 속에서도 우리의 가장들은 슬픔을 안으로 삭일 뿐 쉽게 드러내지 못하는 이유가 여기에 있다. 이것이 오늘을 살아가는 가장들의 비애인지 모른다.

≪그 남자가 작아졌다≫라는 소설의 작가는 소설 속 주인공을 통해 가장으로 산다는 것이 어떤 것인가에 대해 이렇게 풍자했다.

애초에 별로 크지 않은 키의 사내지만 그래도 당찬 모습 봐줄 만했는데 첫아들을 낳더니 키도 몸도 줄어 버려 옷과 신발이 헐렁해지더니, 둘째로 쌍둥이를 낳고는 소인국에나 가야 할 정도로 왜소해졌고, 태어날 때부터 보통 아이의 두 배나 되는 딸을 낳고는 아내의 가슴팍에 기대어 살아갈 수밖에 없게 되었다는,

이 글을 읽으면서 그래그래 연신 고개를 끄덕였고 가슴이 먹먹했다.

가장의 힘든 삶은 인간에게만 적용되지 않는다. 동물들의 삶

도 마찬가지다. 며칠 전 KBS 다큐 프로그램에서 '쇠제비갈매기'의 수컷이 가장의 역할을 어떻게 감당하는가에 대해 적나라하게 보여 주었다.

봄철이 되면 쇠제비갈매기 수컷은 종족 번식을 위해 치열한 구애 작전을 벌인다. 그들의 구애 방법은 좀 특이하다. 물속에 머리를 박아 어렵사리 잡은 물고기를 입에 물고 암컷들이 있는 곳으로 가 먹이를 흔들며 구애를 시작한다. 잡은 물고기를 이리저리 흔들며 암컷들의 주위를 빙빙 돌다가 어느 암컷의 눈에 들면 입에 물었던 먹이를 암컷의 입에 넣어 주므로 둘은 부부가 된다. 암컷이 배우자를 택하는 기준은 가정을 이루었을 때 수컷이 가장의 역할을 얼마나 잘할 수 있을까를 판단해 결정한다고 한다. 화면 속의 암컷 역시 가장 큰 물고기를 문 수컷을 짝으로 택하고 있었다.

그렇게 어렵사리 암컷에게 선택받은 수컷은 열심히 먹이를 물어다 암컷을 먹여 살린다. 암컷은 짝을 이룸과 동시에 먹이 사냥은 하지 않고 오로지 수컷이 물어다 주는 먹이를 먹으면서 알을 낳기 위해 체력을 불리고 제 몸단속에 들어간다. 암컷의 몸이 튼실해져 임신할 준비가 되면 둘은 암컷이 임신하기까지 사랑의 행위를 계속한다. 임신하고 출산할 때가 되면 암컷은 모래벌판에 둥지를 만들고 산고의 고통 끝에 두세 개의 알을 낳고 알을 품기 시작한다. 수컷은 열심히 먹이를 물어다 암컷을 부양한다. 암컷 또한 무위도식하지 않는다. 어미의 체온이 골고루 전달되게 하려고 품고 있는 알들을 요리조리 굴려 가며 어미로서 책임을 다한다. 부부의 노력 끝에 알들이 부화해 새끼가 태어나면 수컷은 더욱 바빠진다. 암컷과 태어난 새끼들까지 먹여 살려야 해 쉴 틈이 없다.

부단한 수컷의 노력 끝에 암컷은 산란하고 부화시키고 새끼들을 키워낸다. 이는 수컷이 가장의 역할을 온전히 감당했기에 가능한 일이다. 어찌 보면 수컷의 일생은 자기의 유전자를 통해 종족을 번식시키는 일과 가족을 먹여 살리기 위해 일만 하다 끝나는 것 같기도 하다. 그렇다고 수컷은 자기의 삶이 고달프다고 생각했을까? 아니면 짝을 만나 가정을 이루고 새끼들을 키워냈으니 그래도 이게 어디냐며 행복해 했을까? 내 생각엔 후자가 아닐까 싶다.

세상의 가장들은 위대하다. 자신에게 주어진 일들을 고단함으로만 여겼다면 그들의 삶은 비참하기 이를 데 없다. 그러나 우리의 가장들은 이 힘듦을 사랑으로 승화시켰기에 그들의 희생은 값진 것이고 아름다운 것이다. 그들은 숭고하다. 하여 부양받는 이들은 내 집의 가장에게 사랑의 마음으로 경의를 표해야 하는 것이 마땅하다.

젊은 청춘들은 어느 순간 어버이가 되고 가장이 된다. 창조주의 섭리에 따라 세상이 생겨나고 인류가 존재하기 시작하면서 생육하고 번성하기 위한 자연스러운 법칙이다. 이 질서가 유지되는 한 지구 위의 생명체들은 세세토록 살아남을 것이다.

맛듦

소금이 맛이 들었다. 맑고 투명하다. 정제된 하얀 알갱이들이 햇살 아래 빛난다. 손끝에 닿는 감촉이 산뜻하다. 손바닥에 놓고 비벼보니 바스스 부스러진다. 몇 알을 입에 넣어보니 후 입맛이 달다. 짠맛이 단맛을 머금었다. 소금에 섞여 있는 불순물들이 모두 사라지고 소금이 가지고 있는 본래의 맛이 더욱 깊어졌다. 짠맛에 쓴맛이 돌고 눅눅하던 것이 순도 100퍼센트의 잘 정제된 소금으로 다시 빚어진 것이다. 이는 오랜 시간 햇살과 바람에 몸을 맡긴 채 숱한 날들을 견뎌낸 뒤에 온 결과다. 소금도 숙성의 과정을 거치다 보면 맛이 드는가 보다.

순전한 맛으로 다시 빚어진 소금이라야 그를 필요로 하는 곳에 녹아들어 맛을 완성할 수 있다. 단맛을 내는데 첨가하면 더욱 감칠맛 나는 단맛을 내고 신맛에 녹아들면 아주 맛깔스러운 신맛이 된다. 어느 곳에 들어가든 재료의 맛을 살려냄으로 제 몫을 온전히 감당한다. 간을 주관하는 소금이 제맛을 낼 수 있을 때 음식은 비로소 맛의 절정에 이른다. 그래서 성경에 "소금이 맛을 잃으면 길가에 버려져 뭇사람들의 발에 밟힐 뿐이라"라고 했다.

농익어 제물에 떨어진 살구에서는 다디단 향기가 난다. 육질이 부드러워 한 입 베어 물면 흐물흐물 녹아내린다. 육질과 씨가 온전히 분리되어 먹고자 하는 이에게 거부감을 주지 않는다. 잘 익어 제물에 떨어진 살구가 수북이 쌓인 나무 밑에는 농익은 단내를 맡고 모으려 하지 않아도 스스로 몰려드는 꿀벌들로 가득하다. 이는 살구 본래의 맛을 완전히 드러내 제 몫을 다함이다.

발레리나 '강수진'의 발을 화면을 통해 본 적이 있다. 발레슈즈를 벗은 그의 발은 상처의 흔적들로 가득했다. 발가락이 휘고 도드라진 것도 모자라 발가락 윗부분 마디마다 박힌 티눈을 보며 그의 일상을 짐작할 수 있었다. 진정한 춤꾼이 되기 위해 여인의 고운 발이기를 포기한 훈장 같은 상처들은 안쓰러움을 지나 숙연해졌다.

그는 ─ 나는 내일을 기다리지 않는다. ─ 라는 글에 이렇게 쓰고 있다.

"사람들은 내가 발레를 하기 위해 태어난 사람이라고 말한다. 하지만 당신이 나와 같은 하루를 보내기 전에는 나에 관해 판단하지 않기를 바란다. 그대가 편안하게 길을 걸으며 풍경을 감상할 때 나는 발가락으로 온몸을 지탱하며 하루를 보냈다. 발레를 하기 위해 태어난 몸은 없다. 하루를 그냥 보내지 않는 치열함이 있을 뿐이다. 아침에 눈을 뜨면 늘 어딘가 아프고, 아프지 않은 날은 내가 연습을 게을리했구나! 하는 반성을 하게 된다."

사람에게 있어 맛듦이란 무엇인가. 춤을 추는 이들이나 연주를 하는 이들, 그림을 그리는 이들, 글을 쓰는 작가나 학문을 하는 이들, 그들 모두는 모진 고통을 견뎌내며 숙성되는 맛듦의 과정을 거쳐 깊은 맛을 우려낼 수 있을 때 비로소 꾼이 되고 장이가 된다. 춤을 추는 사람은 춤꾼이 되고 그림을 그리는 이들은 진정한 화가가 되고 연주가, 글을 쓰는 이들은 작가가 되는 것이리라.

모든 예술 작품은 세상이라는 소재를 가지고 예술가의 특성에 따라 해석하고 표현한다. 문학도 마찬가지다. 작가의 눈높이만큼 세상을 보고 표현할 수밖에 없다. 하여 누군가의 마음에 닿는 글을 쓰기 위해서는 사물을 깊게 바라볼 수 있는 눈, 세상을 바라보는 따뜻한 애정과 날카로운 비판의식을 필요로 한다고 생각하지만, 이에 미치지 못해 글을 쓸 때마다 늘 안타깝다.

어느 분야에서건 깊은 맛을 내는 경지에 이르려면 그만한 대가를 지불하지 않으면 안 되는 것임을 깨닫는다. 소금이 단맛을 머금은 맛깔스러운 맛을 낼 수 있었던 것은 오랜 시간 따가운 햇볕 아래 제 몸을 내맡긴 채 담금질을 당했기에 가능했다. 발레리나 '강수진'도 진정한 춤꾼이 되기 위해 온 힘을 기울였기에 그 경지에 오를 수 있었다. 하물며 나 같은 필부이랴. 쓴맛과 눅눅함으로 제맛을 내지 못하는 소금과 같은, '시거든 떫지나 말지'란 말이 딱 어울리는 개살구 같은 내가 깊은 맛을 내는 농익은 모습으로 다시 빚어지기 위해서는 버리고 채움이 철저히 요구되는 맛듦의 과정을 거치지 않으면 안 될 게다.

(에세이21 2019. 여름호)

늦바람

바람이 나도 크게 났다. 늦바람이 무섭다더니 도무지 잦아들 기미가 보이질 않는다. 자제해야지 마음을 다잡아 보지만 조금의 공간만 있으면 이내 일을 저지르고 만다. 그 덕에 비좁은 베란다가 더 좁아졌다.

처음엔 키우면 되지 싶어 주로 작은 것들을 입양했는데 막상 들여놓고 보니 너무 오종종해 조화를 맞춘답시고 키가 좀 큰 것을 들여놓아 키 큰놈과 작은놈들을 섞어가며 배치했더니 그래도 그냥 봐줄 만하다. 겨우내 무채색이었던 집안에 초록 초록한 것들이 자리를 잡으니 생동감이 느껴져 갈증이 해소되는 듯도 하다.

그런데 초록으로 청정하던 주변의 산야들이 꽃물결로 출렁이기 시작하자 또 마음이 널을 뛰기 시작했다. 자연이 아름다운 것은 때를 따라 오색의 물결이 출렁이기 때문이라며 마음 한구석에서 봄꽃을 들이라고 충동질을 해댄다.

주책없이 설레는 마음을 어쩌지 못해 베고니아, 뉴델리아 등의 한해살이 화초부터 장미 수국, 쟈스민 제라늄 등 다년생까지 여러 종류의 꽃이 고운 것들을 섞어 놓으니 제법 작은 정원의 형태가 갖추어진 듯하다. 며칠은 이에 만족해 가만가만 스미는 향기에 코를 벌름거렸고, 밤이면 불을 밝혀 빛을 받아 영롱한 자태로 눈웃음치는 모습에 매료되어 그들과 놀았다.

그런데, 그도 잠깐 뭔가 단절된 느낌이 들기 시작했고 좀 엉뚱한 생각이 들었다. 화초는 꼭 앞 베란다에만 키워야 하나? 내가 사는 아파트는 복도형이고 맨 끝 집인 우리 집 같은 경우는 인센티브가 주어져 현관문을 열고 복도를 통해 집으로 들어 올 수 있어 활용할 수 있는 공간이 있으니 그곳에는 햇볕이 좀 적어도 되는 화초들을 놓으면 좋겠다는 생각이 들었다. 내친김에 작은 소품 가구들을 배치하고 몇 개의 화분을 들여놓으니 제법 그럴듯해 보인다. 그곳에 있던 책장과도 아주 잘 어울린다.

우선 현관문을 열고 들어설 때 삭막하지 않아 좋고 앞 뒷문을 열어 놓고 거실에 앉아서 바라보니 집안 전체가 통일성이 있어 보여 좋다. 여기에 거실 낮은 가구 옆에 초록으로 싱그러운 화분을 하나 놓았더니 앞과 뒤만 있어 끊어진 듯한 느낌이 들어 좀 아쉬웠는데 그 부분이 해소되어 훨씬 조화롭다.

이는 발상의 전환이 가져다준 효과다. 고정관념을 깨고 생각을 확장시키면 새로운 일이 일어난다. 언제부턴가 내 안에, 우리 안에 진드기처럼 붙어 떨어질 줄 모르는 습성들을 떨쳐내고 새로운 변신을 꾀할 때 새로운 장이 열린다.

혼자 남은 나를 견딜 수 없어 밖으로 뛰쳐나오려는 몸부림을 타고 내게 불어온 늦바람, 이 바람이 오늘을 살게 한다. 마음이라는 것이 참 변덕스러운 존재라서 언제 또 다른 어떤 바람이 불어올는지 알 수 없지만 나는 지금 이 바람에 나를 맡기고 또 하나의 새로운 삶을 기대하며 여행을 떠난다.

아름다운 가치

순간의 정적이 영원처럼 길다. 뜨거운 열기로 가득했던 경연장 안에 팽팽한 긴장감이 고조되고 있다. 혼신을 기울여 경연을 마친 출연자나 경연을 보고 심사 결과를 말해야 하는 평자 모두 긴장하고 있기는 마찬가지인 것 같다. 숨죽인 고요의 몇 분이 지나고 나면 심사위원들의 평이 이어지고 결과가 발표된다. 희비가 엇갈리는 순간이다. 누군가는 웃고 누군가는 안타까움에 고개를 떨어트린다. 이는 모 TV에서 기획한 프로그램의 하나로 당시 공연되고 있던 뮤지컬 '베르테르'의 주연 배우를 한 명 더 뽑기 위한 '더블 캐스팅'의 경연 장면이다.

작품의 주연이 되겠다는 꿈을 안은 앙상블들이, 배우 지망생들이 경연에 모여들었다. 단 한 명의 주연을 캐스팅하는 경연에서 주연으로 선정되기 위해 본인이 가지고 있는 기량을 최대한 발휘하려 안간힘 하는 모습을 보며 울고 웃었다. 장장 4개월에 걸친 경연을 보는 내내 안타까움에 가슴 졸였고, 벅찬 감동의 물결에 휩싸이기도 했다.

"앙상블들이여 주연이 되어라"란 타이틀 아래 펼쳐지는 이번 캐스팅을 기획한 기획자의 말에 의하면 경연을 개최하게 된 동기가 수많은 앙상블(조연)들에게 용기와 기회를 주기 위해서라고 한다.

오페라에서 앙상블은 어떤 존재인가. 모든 관객이 주연을 바라볼 때 그들의 배경이 되어 주는 존재. 열심히 무대를 누비며 작품의 조화를 위해, 공간을 채워가기 위해 혼신의 힘을 다 기울이는 존재. 작품의 행간에 숨어 있는 작은 부분들까지도 찾아내어 연기하므로 주연을, 작품을 더욱 빛나게 하는 존재. 그들이 바로 앙상블이다. 앙상블이 없고 주연 혼자서 대작을 연기한다면 어떤 모습일까. 상상할 수조차 없다.

그럼에도 공연이 끝나고 모든 출연자가 관중에게 인사할 때 맨 앞에 나와 스포트라이트를 받는 이들은 주연 배우라며 여기에 앙상블의 비애가 있다고 하는 어느 출연자의 말 한마디가 절절한 울림으로 다가왔다.

경연을 보는 동안 출연자 한 사람, 한 사람 모두 온 힘을 다해 기량을 펼치는 것을 보며 이 순간만큼은 당신들이 주연이다, 라는 마음으로 공감하고 환호했다. 적어도 경연에 참여해 연기를 펼치는 시간만큼은 그들 모두가 앙상블이 아닌 주연이었다. 예심을 거쳐 본선에 오기까지 단 한 번에서부터 수차례에 걸쳐 경연에 참여할 때마다 그들은 주연으로서 무대에 섰고 나름으로 최선을 다하는 주연 배우였다. 그 순간만큼은 무대의 모든 연출과 조명이 경연자 한 사람만을 위해 준비된 것이었다. 그래서인가. 참여한 배우들이 경연을 마친 뒤 캐스팅에 선정되지 못해도 후회가 없다고, 최선을 다했노라고 소감을 말하는 것을 보며 가슴에 더운 바람이 일었다. 아낌없는 박수를 보냈다.

한 편의 오페라나 뮤지컬이 공연되려면 각 분야에 걸쳐 다양한 구성원들을 필요로 한다. 그중에도 작품을 연기하는 주연과 조연은 없어서는 안 되는 가장 중요한 구성요소다. 그런데 어느 작품이든 간에 주연은 한두 명에 불과하고 나머지 배우들은 앙상블로 채워진다. 그러므로 한 편의 오페라에는 주연과 조연 그 외에 작품을 완성하기 위한 모든 요소가 합일을 이룰 때 비로소 관객들의 가슴에 깊은 반향을 일으키고 작품은 명작의 반열에 드는 것일 게다.

주연과 앙상블의 조화는 우리네 삶에서도 요구한다. 더불어 살아가는 것이 우리의 삶일 수밖에 없기에 그렇다. 내 삶의 뒷면에도 이런저런 흔적들로 얼룩져 있다. 어느 땐 원하는 자리에 오르지 못해 좌절했고, 더러는 주어진 자리가 버거워 감당하느라 노심초사했다. 돌이켜보면 그때그때 주어진 상황을 잘 감당했을 때 중심에 설 수 있었음을 오랜 세월이 지나서야 알 수 있었다. 더러는 누군가의 조력자로서 상대방을 빛나게 하려고 최선을 다했을 때 오히려 빛나는 순간이 다가왔음을 기억한다. 삶을 풍요롭게 하는 아름다운 가치, 빛나는 가치는 바로 서로를 인정하며 함께 가는 것일 게다.

캐스팅! 이라는 단어의 의미가 큰 울림으로 다가온다. 한 생을 살다 보면 크든 작든 선택의 갈림길에 설 수밖에 없다. 긴 삶의 여정을 지내는 동안 우리는 끊임없이 무엇인가를 선택하고 또한 선택받아야 하기에 환희와 좌절을 경험해야 하는 것 또한 부인할 수 없다. 실패를 실패로 보지 않고 다시 발돋움하기 위한 디딤돌로 삼을 때 다시 일어설 힘을 얻을 수 있는 것일 게다.

앙상블들이여, 공연이 끝나고 마지막에 무대 앞에 나와 박수를 받는 이들이 주연 배우라 할지라도 너무 슬퍼하지 말라! 한 편의 작품에서 그대들이 없고 주연 홀로 있는 모습을 상상해 보라. 무대는 텅 비었고 관객들은 심심해서 하품할지도 모른다. 그대들도 충분히 아름답고 빛나는 존재임을 기억하라! 행여 오늘 그대들이 주연으로 발탁되지 못한다 해도 그대들이 없으면 한 편의 작품도 탄생할 수 없다는 것을 잊지 말기를.

벤자민 버튼의 시간은 거꾸로 간다

광장 시계탑에 한 시계공이 시간이 거꾸로 가는 시계를 걸고
있다. 광장에 모인 사람 중 누군가가 시간이 거꾸로 가는 것을
보며 "왜 거꾸로 가는 시계를 만들었느냐"고 묻자 시계공이 대답
한다. '전쟁에서 전사한 젊은이들이 다시 우리 곁으로 돌아와 일
하며 함께 살아주기를 바라는 마음에서'라고 하는데 모두는 할
말을 잃는다. 한편 그와 동시에 80대 노인의 모습으로 태어난 갓
난아기가 광장 한켠 양로원 앞에 버려진다. 이것이 ≪벤자민 버
튼의 시간은 거꾸로 간다≫ 영화의 첫 장면이다.

영화의 마지막 장면은 노인으로 태어난 벤자민 버튼이 그에게
주어진 운명을 극복하면서 한 생을 살아낸 뒤 다시 갓난아기의
모습이 되어 할머니가 된 그가 사랑했던 여인 데이지의 품에 안
겨 생을 마감하고, 동시에 수십 년 동안 광장에 걸려있던 '시간

이 거꾸로 가는 시계'도 함께 내려지는 것으로 영화는 끝이 난다.

위의 내용은 ≪벤자민 버튼의 시간은 거꾸로 간다≫라는 영화의 처음 장면과 마지막 장면이다. 이 영화는 세계 1차 대전 말을 배경으로 제작된 것으로 국내에서는 2009년엔가 개봉된 영화다. 어떤 이유에서인지는 분명하지 않지만 나는 이 영화를 세 번이나 보았다. 개봉관에서 한 번 보고, 몇 년 후 다시 볼 기회가 있어 또 한 번 보고, 이번에 보았으니 세 번째다. 처음 보았을 때는 깊이 감동했음에도 너무 비현실적이고 생경한 내용이라 영화가 주는 메시지가 무엇일까 감이 오질 않았다. 다만 영화 전반에 걸쳐 많은 명대사가 큰 울림으로 다가와 오랫동안 내 기억의 저장고에 저장되어 있으면서 문득문득 생각나곤 했다. 두 번째 보았을 때도 역시 마찬가지였다. 아이로 태어나 어른이 되어가는 게 정상임에도 노인으로 태어나 아이가 되어가는 과정에서 숱한 역경을 헤치며 살아가는 벤자민 버튼의 어기찬 삶의 이야기를 통해 주어진 삶을 순리로 받아들이며 살아가기를 바라는 그 무엇이 이 영화의 메시지일까? 아니면 서로 다른 모습으로 태어난 벤자민 버튼과 데이지가 만났다 헤어지기를 반복하던 중 두 사람의 모습이 거의 일치되는 시점에 이르러 불같은 사랑을 하는 이야기를 통해 사랑의 진정성을 보여 주기 위함일까? 등을 두고 생각의 갈피가 잡히지 않았다. 그런데도 묘한 마력 같은 게 있어서인가 참 좋은 영화로 오랫동안 기억 속에 남아 있었다.

그래서였을까. 이번에는 즐겨보는 영화채널을 넘나들던 중 눈에 띄어 세 번째 다시 보게 된 것이다. 그런데 이번에는 영화를 다 보고 나니 영화 전편에 걸친 주인공의 삶의 이야기도 가슴에 남았지만. 영화의 처음 장면과 마지막 장면이 더 마음에 와닿았다. 시계공이 시간이 거꾸로 가는 시계를 걸자 의문스러워하는 이들에게 '시간이 거꾸로 가 전쟁에서 사망한 이들이 다시 돌아와 살아주기를 바라는 마음에서였다.'라는 그의 말과 노인으로 태어난 주인공이 어린아이가 되어 사랑하는 여인 데이지의 품에 안겨 숨을 거두는 마지막 장면과 그가 죽음과 동시에 광장의 시계도 함께 내려지는 모습이 머릿속을 맴돌았다.

원작의 저자는 왜 거꾸로 가는 시계가 걸리는 시간과 벤자민 버튼이 노인으로 태어나 광장에 버려지는 시간을 동일선상에 두었을까. 노인으로 태어난 주인공인 벤자민 버튼이 점점 젊어져 아기가 되어 죽음을 맞이하는 시점과 시계가 내려지는 시점을 왜 또 동일선상에 놓았을까 하는 것이었다. 이 둘은 어떤 상관관계가 있을까.

몇 년 전 TV 화면을 통해 조로증을 앓고 있는 10살 정도의 소년이 그 시점에서 성장을 멈추고 늙어가는 모습이 방영되었다. 보는 내내 안타까웠고 아직도 기억하고 있다. 두 사람의 경우 상황은 정반대지만 영화에서는 비현실적이고 가상의 것이었던 것이 우리네가 사는 세상에도 존재한다는 사실이 아팠다.

소설의 원작자도 아마 나와 비슷한 생각을 하지 않았을까 싶다. 환경의 파괴 등으로 비정상으로 태어나 고통받는 이들이 없기를, 전쟁으로 인해 무고한 생명이 희생되는 일이 없기를, 운명을 극복하며 살아가는 주인공 버튼의 삶을 통해 현재를 살아가는 이들에게 용기를, 거꾸로 돌아가는 시계가 내려짐과 동시에 세상 속의 모든 불합리한 일들도 지구 밖으로 사라지길 염원하는 마음이 아니었을까.

영화를 보는 내내 평범한 일상을 살아간다는 게 얼마나 복된 삶인가 싶었다. 버튼이 아내와 딸의 곁을 떠나면서 한 말이다. "같이 놀아주고 싶고, 학교에 데려다주고 싶고, 아빠 노릇을 할 수 있다면 얼마나 좋을까."

전사한 아들을 그리워하는 시계공 게토의 말이다.

"전사한 자식들이 시간을 거슬러 올라와 농사짓고 일하고 결혼하고 그렇게 살기를 바라는 마음에서 거꾸로 가도록 만들었다."

지극히 평범한 일상을 누리지 못하는 이들의 아픔을 어찌 알 수 있을까.

작품 속 명대사다

–서로 다른 길을 가고 있을 뿐 도착지는 같다.(정체성에 혼란스러워하는 벤자민에게 그의 양 어머니 퀴니가)

–너 자신에게 자랑스러운 인생을 살았으면 좋겠다. 하지만 네가 가고 있는 길이 아닌 것 같다고 생각되면 모든 것을 새롭게 시작할 수 있는 용기를 가졌으면 좋겠다.(벤자민이 딸에게 보내는 편지에서)

–우리는 살아가면서 끝없는 상호작용을 한다. 우연이든 고의든 그걸 막을 방법은 없다.(내레이션)

–정말 슬픈 일이지만 영원한 것은 없다.

–살아가면서 너무 늦거나 이른 건 없다 넌 뭐든지 할 수 있다. 꿈을 이루는데 늦은 시간은 없단다. 지금처럼 살아도 되고 새 삶을 시작해도 된단다. 최선과 최악 중 최선을 선택하는 삶을 살기 바란다. 네가 새로운 걸 보고 새로운 걸 느꼈으면 좋겠다. 너와 생각이 다른 사람을 많이 만나며 후회 없는 삶을 살면 좋겠다. 후회할 일이 생기면 다시 시작하거라.(벤자민이 딸에게 보내는 편지에서)

–누군가는 강가에 앉으려고 태어나고, 누군가는 번개를 맞고, 누군가는 음악에 조예가 깊고, 누군가는 버튼을 만들고, 누군가는 셰익스피어를 읽고, 누군가는 그냥 엄마이다. 그리고 춤

을 춘다.

자막을 통해 보고 내레이션으로 들려오는 소리를 들으며 공존
하며 살아가는 사람들의 삶의 다양성을 생각했다.

3

제 몸 사용설명서

우리의 몸은 구성도 조화롭지만,

기관마다 해야 하는 역할 또한 다양하다.

이들이 어떻게 제 소임을 다하느냐에 따라

삶의 질이 달라지고 성패가 갈릴 수 있음이다.

입에 주어진 기능은 어떤 것일까.

참 많은 일이 입을 통하여 이루어진다.

가장 큰 일 중의 하나는 먹고 말하는 일이다.

무엇을 어떻게 먹어야만 할까.

어떤 말들을 해야 할 것인가를 두고 고민하지 않을 수 없다.

–본문 〈제 몸 사용설명서〉 중에서

곶감

가을의 끝자락. 붉어져야 할 것들은 더욱 붉어져 햇살 아래 곱다. 조석으로 찬 바람 불고 들녘엔 결실한 열매들로 충만하다. 곧 무서리가 내리려나 보다. 지난여름 숨 막히는 무더위와 가뭄에 곡식들이 결실하지 못하면, 가을이 가을답지 않으면 어쩌나 싶었는데 이는 인간이 걱정할 몫이 아니라는 듯 나름의 풍성함에 안도한다. 계절의 순환에 힘입어 자연은 언제나 때에 합당한 모습으로 다가와 주어 고맙다.

올해도 여전히 야트막한 산자락이나 밭두렁 가장자리, 농가의 토담 안에 한두 그루씩 심겨있는 감나무마다 붉게 익은 열매들이 꽃으로 피었다. 한껏 살이 오르고 농익은 열매들은 오래지 않아 바지런한 주인의 손길에 의해 탈의하고 두툼한 실에 꿰어져 양지바르고 바람 잘 통하는 툇마루 위 어딘가에 걸려 곶감이 될 게다. 더러는 나무에 남겨져 찬 서리를 맞으며 제 몸 안의 떫은 성정을 온전히 녹여낸 뒤 달콤하고 말랑한 모습으로 새로이 빚어지리라.

신록이 짙어지면 푸른 잎 사이로 별 모양의 감꽃이 피고 보리누름이 시작될 무렵 꽃 진 자리에 애기 풋감이 맺힌다. 모진 비바람을 견뎌내며 떨어지지 않으려고 가지를 부여잡고 버텨낸 풋감들만이 자라 결실해 땡감이 된다.

곶감이 되기 전 땡감이었을 때 그의 본래 성정은 딱딱하고 떫다. 무심코 한 입 베어 물었다가는 입안이 온통 텁텁해져 곤욕스럽다. 누군가에게 자신을 내어주기를 완강히 거부한다. 우리의 젊은 날 설익은 오기로 세상 무서운 줄 모르고 좌충우돌 부딪치고 들이받으며 생채기가 나도 아픈 줄 몰랐던, 그럼에도 당당하고 오만했던 모습과 닮았다.

성하盛夏의 날들을 보내고 가을볕에 영글어 더욱 단단해진 땡감은 햇살과 바람에 온몸을 맡긴 채 떫은맛이 단맛이 되기 위해 숱한 날들을 견뎌낸 뒤 곶감이 된다. 만드는 이이 정성과 자연의 은총을 힘입어 숙성의 과정을 거쳐 텁텁하고 떫은맛이 온전히 사라져 다디단 곶감으로 빚어지면 그때에야 비로소 제 몸을 기꺼이 내어준다. 땡감 같은 성품의 풋내기들도 부딪치고 깨어지며 세상에 녹아듦으로 점점 철이 들어 서로를 수용하고 포용할 줄 알아가며 나름의 맛을 내는 것도 이와 같은 이치일 게다. 곶감 하나가 만들어지는데도 햇살과 바람과 시간이, 만드는 이의 정성이 녹아들어야 하거늘 하물며 사람이랴.

곶감에는 반건시乾柿와 건시乾柿가 있다. 각각의 몫도 조금 다르다. 긴 겨울밤 헛헛함을 달래기 위해 알맞게 숙성된 반건시를 양손에 들고 쫙 쪼개면 농익을 대로 농익은 진다홍의 부드러운 속살이 눈길을 사로잡는다. 한 입 베어 물면 그 달콤함이 입안을 춤추게 하고 무념무상無念無想에 들게 한다. 적당히 마른 겉피의 쫄깃쫄깃한 맛은 또 무엇에 비유할까. 이는 반건시만이 가질 수 있는 아주 특별한 속성이다.

반면 건시는 조금 더 인고의 시간을 견뎌 내야 한다. 기다림의 시간이 지나고 나면 육질이 더욱 탄력이 생기고 시설柿雪이 뽀얗게 내려앉기 시작한다. 시설이 배어 나오기 위해서는 제 몸 안의 당분을 밖으로 밀어내는 과정을 되풀이한 뒤라야 가능하다. 잘 숙성된 건시는 반건시와는 또 다른 좀 더 깊은 단맛을 낸다. 맛뿐만 아니라 쓰임새 또한 다양하다. 알맞게 말라 육질이 부드럽고 달콤한 반건시는 입이 궁금할 때 군것질하기엔 그만이나 부드러운 육질 탓에 다른 것들과 조화가 좀 힘들다. 반면 건시는 제 홀로이길 주장하지 않는다. 곶감이 호두를 품으면 달콤하고 고소한 곶감호두말이로 변신해 귀한 손 대접할 때 다과상에 오르고. 계피와 생강이 만난 물에 제 몸을 담그고 제 안의 것들을 아낌없이 내어주면 수정과가 된다. 그뿐인가. 살짝 데친 숙주나물과 미나리에 채를 친 곶감을 넣고 새콤달콤 무치면 맛깔 나는 곶감 숙주나물무침이 된다. 그렇다고 반건시와 건시를 두고 그의 쓰임새에 대해 경중을 논할 수는 없다. 그들 나름대로 특성이 있고 쓰임새에 따라 제 몫을 온전히 감당할 뿐이다. 우리네 사람도 이와 별반 다르지 않을 터. 각각의 성품과 탤런트에 따라 쓰임 받으며 살아간다.

설익은 땡감 같은 삶일 때가 있었다. 떫으면 제대로 떫어야 온전한 맛으로 거듭날 수 있음에도 이를 알지 못했다. 숙성되지 못한 내 잣대로 삶은 이래야 한다는 기준 아래 견고한 성을 세워 놓고 그 안에서 나오기를 스스로 거부했다. 내가 세운 규범의 테두리 안에 나와 다른 뜻을 가진 이들을 들여놓으려 하지 않았다. 속이 채워졌나 싶어 돌아보면 빈 곳간 같아 갈증에 시달렸다.

타닌 성분이 충분한 땡감 같은 본래의 성품에 세월이 녹아듦으로 상황에 따라 반건시도, 건시도 될 줄 알아야 하거늘 땡감의 떫은 성정이 온전히 삭아지지 않아 스스로 아팠다. 내 안에 웅크리고 있는 또 다른 내 모습이 드러날까 봐 버티는 자아自我를 잘라 내기가 쉽지 않았다. 내 안의 아집과 날이 선 자아를 녹여내어 목에 걸린 가시처럼 통증을 유발하는 상처들이 치유됨으로 포용과 상생의 가치를 소중히 여기는 삶을 살아갈 수 있다면 좋으련만 아직도 속이 시끄러울 때가 많으니 어찌할까.

곶감이 맛있어지면 겨울이 깊어졌다는 것이고 곶감이 맛있어졌다는 것은 햇살과 바람과 찬 서리를 견뎌내며 숙성의 과정을 잘 견뎌낸 결과다. 서로 포용하며 상생의 삶을 살기를 즐겨하는 이들도 모난 성정을 잘 다스려 곰삭아져 숙성된 맛을 낼 수 있어서일 게다.

(에세이21 2020. 여름호)

노각

참 못났다. 허리는 굽었고 윗배와 아랫배만 볼록한 것이, 그의 한 생이 꽤 고단했을 성싶은 볼품없는 것들뿐이다. 본시 노각의 모양새는 적당히 길쭉하면서도 통통하게 살이 오른 데다 밝은 갈색 거미줄 무늬가 선명하고 반지르르 윤기가 도는 것이어야 하는데 좌판에 놓인 늙은 오이는 그와는 거리가 먼 못나고 볼품없는 것들뿐이라 선택받지 못한 모양이다.

해가 기울어 장마당도 파장에 이르렀는데 푸성귀 조금과 노각 몇 개뿐인 좌판을 접지 못하고 있는 노인의 모습이 발길을 붙잡는다. 선뜻 지나치지 못하고 서성이는 것은 배불뚝이 늙은 오이와 노인, 그리고 내가 서로 닮은 것 같아서는 아닌지 모르겠다.

일반적으로 오이의 한살이는 지난봄 어느 날 씨앗 하나가 모종판에 심겨 알맞은 수분과 햇살을 공급받으며 발아해, 출생지인 모판을 떠나 아주심기를 통해 땅에 심기면서 그의 한살이가 시작된다. 제자리를 찾아 심긴 어린 모는 힘차게 줄기를 뻗어가며 몸피가 자라 가지마다 노란 꽃을 피운다. 자웅동주의 기능을 가진 오이의 특성상 꽃이 필 무렵이면 이미 아기 오이가 맺힌다. 어린 오이는 차마 떠나지 못하고 애면글면 사랑하는 어미인 꽃의 보살핌과 주인의 바지런한 손길을 통해 통통하게 살이 오른 고운 몸매로 튼실하게 자라 누군가의 식탁에 오르는 것으로 한 생이 마무리된다.

그러나 노각은 행인지 불행인지 그 대열에 끼지 못하고 덤으로 사는 삶을 부여받아 또 다른 한 생을 살아낸 결과물이다. 오이의 한살이를 돌아볼 때 어느 것이 더 잘 살았다고 말할 수 있을까. 한창 물오르고 푸르게 빛날 때 선택받은 풋오이의 한 생일까. 아니면 젊은 날 눈에 들지 못했지만 긴 날들을 덤으로 살아내면서 더욱 농익고 풍성해져 전혀 다른 맛으로 누군가의 식탁에 오른 늙은 오이의 한 생일까. 아무래도 푸르고 싱싱할 때 식탁의 한 자리를 차지할 수 있었던 때가 더 빛나는 생이었다고 할 수 있을는지 모른다. 그러나 어찌 생각하면 첫눈에 들지는 못했을지라도 농익어 또 다른 맛으로 생을 마무리하는 늙은 오이의 한 생도 분명 빛나는 삶일 수 있겠다 싶기도 하다.

우리네 사람살이도 마찬가지다. 한 생을 살아가는 동안 때를 놓쳤다고 해서 그의 생이 끝나는 것은 아닐 터. 남은 생을 살아내는 동안 또 다른 삶이길 기대하며 발돋움한다면 이 또한 빛나는 일일 터이다.

젊은 날 내 삶의 텃밭에도 숱한 꿈들이 피었다 스러졌다. 대부분 삶의 길목을 휘돌아 스러져 갔지만 아직도 내 안에 남아 용트림하는 것이 있다. 저무는 강가에 서 있으면서도 누군가의 마음에 닿는 글 한 편 쓰고 싶다는 목마름으로 글이 되지 못한 채 내 안에 맴돌고 있는 문장들을 끌어안고 마음은 시시때때로 바장인다. 문장이 여물어 글구멍이 꽉 차야 함에도 앎이 부족해 구멍이 헐거워 전전긍긍할 때가 참으로 많다. 그럴 때면 내 안을 든든히 채울 곳이 없나 싶어 목을 길게 늘이고 여기저기 기웃거려보지만 따라 잡히지 않아 전전긍긍한다.

어릴 적 농촌의 거름더미나 텃밭 가엔 심지도 않았는데 참외나 수박 넝쿨이 풍성하고 넝쿨에 참외와 수박이 열려 있는 것을 보고 이유가 궁금했었다. 어른들은 제대로 익지 않은 것은 씨가 땅에 떨어져도 여물지 못한 것이라 발아하지 못하지만 잘 익은 열매의 씨앗은 길가에 떨어져도 있는 자리에서 제물에 자라 열매를 맺는다고 하던 말을 기억한다. 언감생심 내 안에 맴도는 언어의 씨앗들도 잘 여물어 자갈밭에 떨어져도 싹이 날 수 있기를 기대한다. 그런 모습이 때론 안쓰러워 가슴 저리지만 그것들이 지금의 나를 살게 하는 근원의 한 부분임을 알기에 오늘도 글 밭을 서성이는 것이다.

늙은 오이의 소박한 변신이 시작되었다. 흔들어 후히 눌러 주는 주인의 인심 덕에 풋고추 한 움큼도 덤으로 따라왔으니 오이나물 하기에 그만이지 싶다. 오이의 껍질을 벗기니 뽀얀 속살이 드러난다. 상큼하면서도 달콤한 향내가 물씬 풍긴다. 한 입 베어 무니 텁텁했던 입안에 청량감이 돈다. 속살 역시 아삭아삭하고 적당히 단 것이 감칠맛이 제대로 난다. 속살이 단단하지 않고 푸석푸석하면 식감이 떨어지고 적당한 수분이 없으면 질긴 느낌이 드는데 속살이 야물고 달다. 이는 모진 날들을 견뎌내면서 잘 숙성된 결과일 게다.

씨를 발라내고 나붓나붓 썰어 소금을 살짝 뿌려 놓은 오이가 알맞게 절었다. 베보자기에 담아 물기를 꼭 짜니 한결 아삭아삭하니 감칠맛이 난다. 널따랗고 투박한 옹기그릇에 알맞게 절은 오이를 담고 송송 썬 풋고추를 적당히 넣어 가진 양념을 해 조물조물 무치니 새콤달콤 참 맛나다. 풋것의 맛이 상큼한 젊음의 맛이라면 늙은 오이무침의 맛은 세상살이의 달고 쓴맛을 모두 아우르는 원숙한 맛이라고 할까. 허리는 굽었고 배불뚝이지만 참 잘 늙었구나 싶다. 역경을 견뎌내며 잘 늙는다는 것은 참 좋은 일이다.

(에세이21 2022. 여름호)

격리

코로나에 걸렸다. 검진 결과 코로나라고 확진 판정이 나자마자 "○○○님은 코로나로 확진되었으니 이제부터 일주일간 자가격리 하시기 바랍니다."라는 문자 메시지와 더불어 자동으로 격리가 되어버렸다. 검진 후 채 1시간도 되지 않아 내 의사와는 전혀 관계없이 그 순간부터 꼼짝없이 집안에 갇혀 버렸다.

격리라는 단어가 차갑게 가슴을 때렸다. 단어의 어감 자체도 별로 부드럽지 않은데다가 단어가 주는 온도가 너무 차갑게 다가왔다. 전에는 별로 들어보지 못하던, 잘 사용하지 않던 단어가 우리네 삶에 스며들어 제재를 가하기 시작한 것이다.

격리가 되었다고 해서 특별히 달라질 것이 없는 것 같았는데 갑자기 가슴속에서 답답함이 치밀기 시작했다. 어차피 집 안에는 나 혼자뿐이니 집안을 마음대로 다녀도 되고 일주일간 바깥

출입만 안 하면 되니 별것 아니려니 했는데 심적인 부담감이 이렇게 클 줄 몰랐다. 며칠을 39.5도의 고열에 시달리면서도 일상의 삶을 유지하려고 늘 하던 대로 책을 읽고, 컴퓨터 자판을 두들기고, 몇 편의 영화를 보기도 하고 안간힘 해보았지만, 이전 같지 않았다. 시간은 왜 그리 더디 가는지 야속했다. 이전에도 별반 출입을 많이 하지 않았던 터고 이런 일들은 본래 나의 일상이라 대부분 비슷한 일을 하며 보냈었는데 그때는 지금처럼 무기력하고 지루하지 않았다. 그때나 지금이나 시간은 똑같이 흘러가는 것이련만 나 아닌 타인이 공간적 시간적으로 제재를 가한다는 것이 시간의 길이를 늦추기도 하고 빠르게도 한다는 것을 알았다.

순간순간 밀려드는 쓸쓸함이 나를 못 견디게 했다. 별로 크지 않은 공간이 갑자기 넓게 느껴졌다. 내가 머무는 공간에 내 피붙이라 할지라도 와서는 안 된다는 사실 앞에 당황했다. 격리해야 하는 기간에 유명을 달리해 주소를 옮겨가고 맞는 남편의 첫 번째 생일이 들어 있어 자식들이 오기로 되어 있었는데 오지 못했다. 지인들 역시 이것저것 먹을거리를 현관문 손잡이에 걸어 두고 갈 뿐 집안에 들어올 수 없었다. 초인종 소리에 밖을 내다보다 눈이 마주치면 서로 손을 흔들며 아쉬운 인사를 하는 게 고작이었다. 혼자서 고열을 견디며 모래알 같은 밥알을 씹으며 펑펑 울었다. 서로 만나 얼굴 마주 보며 차 한잔 나누며 담소할 수 있다는 게 얼마나 소중한지를, 내가 머무는 공간에 나를 찾아 주는 이들이 있다는 것이 얼마나 엄청난 축복인가를 절실하게 깨달아 가는 날들이었다.

코로나19는 14세기경 유럽을 뒤흔들었던 전염병 페스트 이래 가장 위협적이라 할 만큼 강한 역병으로 전 세계를 뒤흔들고 있다. 그동안 수많은 이들이 죽어갔다. 그들의 죽음은 비참했다. 인간의 존엄성이 말살당한 채 짐짝 취급을 받으며 가족의 배웅도 받지 못하고 화장됐다.

삶의 행태 또한 최악의 상황에 직면했다. 활기에 넘쳤던 거리는 어둠에 휩싸였고 수많은 이들이 일터를 잃었다. 과학과 의학의 발달은 최첨단에 이르러 복제인간도 만들 수 있다는 말이 나올 정도고 각종 의약품이 넘쳐나는 시대에 겪어야만 하는 최대의 재앙임이 틀림없다.

이 재앙의 근원은 무엇일까. 가장 큰 원인은 기후변화와 무분별한 개발로 자연이 파괴되는 바람에 인간의 주거지와 동물의 서식지가 너무 가까워져 일부 동물군이 가지고 있는 세균이 사람에게 옮겨와 생긴 것이라고도 하고, 몸에 좋다고 이전에는 먹지 않던 것을 마구 먹는 데서 기인한 것이라고도 한다. 앞으로 어떤 신종 바이러스가 발생해 인간을 괴롭힐지 알 수 없는 일이다. 두렵고 떨리는 일이 아닐 수 없다.

원인이 무엇인지도 잘 모르는 채 역병의 공포에 떨며 해를 넘기기를 두 해가 지났다. 아직도 코로나19라고 하는 전염병은 펜데믹이라는 닉네임을 달고 세상을 누비고 있다. 지금 우리는 주변에 있는 이들 중 누가 코로나에 걸렸다고 해도 전혀 이상하게 생각하지 않는다. 펜데믹의 영향이다. 세계 대유행을 일으킨 이 전염병의 끝은 어디일까.

코로나 초기 고통받았던 이들을 생각한다. 그들의 잘못이 아닌 외적인 상황에서 발생한 일임에도 외부와의 단절을 강요당해 제한된 공간에서 숨도 제대로 쉬지 못하고 질타 속에서 아픔을 견뎌야 했던 이들. 생의 마지막 순간에서조차 사랑하는 이들과 함께하지 못하고 유명을 달리한 뒤 짐짝처럼 불에 던져져야만 했던 이들. 복통으로 병원에 갔지만 코로나로 오인되어 병원 진료조차 받아보지 못하고 생을 마감한 고등학생 그들을 생각한다. 질병에 걸려 아픈 것보다 '주변'의 시선이 따가운 것이 제일 견디기 힘들었다고 하소연하던 말을 기억한다. 그들이 고백한 주변이라는 범주 안에 내가 있었다. 이 모든 이들에게 깊이 사죄한다. 아울러 유명을 달리한 이들의 명복을 빈다.

제 몸 사용설명서

참 희한한 일이다. 사람의 몸도 사용하지 않으면 곰팡이가 생긴다니 말이다. 가까운 지인이 한동안 연락이 없어 괘씸죄를 뒤집어씌워 다그쳤더니 그간 큰 변고가 있어서였다고 한다. 그의 말인즉 신체의 어느 한 부분을 사용하지 않아 그곳에 곰팡이가 피는 바람에 적출 수술을 받았다는 것이었다. 적출하지 않으면 암 발생 확률이 높다고 해서였단다.

오호통재로다! 그놈의 곰팡이놈이 하필이면 여인의 신비하고 오묘한 그곳을 어찌 알고 못된 행실을 벌였단 말인가. 누가 사용하고 싶지 않아서 안 했다던가. 마주칠 손뼉이 없어 마주치지 못한 것인데 이는 너무 가혹한 형벌이 아닌가.

명하노니

"에라 이 못된 것아 이제부터는 홀로인 누구의 몸에도 기생하지 말고 썩 물러갈지어다."

창조주는 태초에 인간을 창조할 때부터 적재적소에 균형을 맞추어 눈 코 입 등 세밀한 부분까지 만들어 놓은 뒤 그것들을 어떻게 사용할 것인지에 대해 명확히 구분해 놓았을 거라는 게 내 생각이다. 얼굴만 봐도 그렇다. 얼굴의 딱 중앙에 코를 만들어 놓고 균형을 맞추어 양쪽에 하나씩 눈을 만들고 코와 일찍 선상에 입이 자리 잡은 것만 봐도 그렇다. 만일의 경우 눈이 양쪽에 있지 않고 한쪽으로 몰려 있다면, 입이 하나가 아니고 둘이라면 얼마나 우스꽝스럽겠는가. 두 개의 입으로 오물거리며 먹는 모습은 상상만 해도 포복절도할 일이다.

우리의 몸은 구성도 조화롭지만, 기관마다 해야 하는 역할 또한 다양하다. 이들이 어떻게 제 소임을 다하느냐에 따라 삶의 질이 달라지고 성패가 갈릴 수 있음이다. 입에 주어진 기능은 어떤 것일까. 참 많은 일이 입을 통하여 이루어진다. 가장 큰 일 중의 하나는 먹고 말하는 일이다. 무엇을 어떻게 먹어야만 할까. 어떤 말들을 해야 할 것인가를 두고 고민하지 않을 수 없다. 먹는 일이 자기가 할 일이라고 아무거나 되는 대로 먹다 보면 몸의 균형이 깨지고 탈이 난다. 말하는 기능이 주어졌다고 분별력 없이 세치 혀를 마구 놀리다 보면 자신이 쏟아놓은 말들이 올무가 되어 덫에 걸리고 만다. 눈은 또 어떠한가. 눈매가 시원하고 커다란 것은 복중의 복이다. 여기에 심안心眼이 열려 있어 사물을 제대로 깊은 곳까지도 헤아릴 수 있다면 복의 근원이 될 수 있을 터임에도 이 또한 쉽지 않다. 발도 마찬가지다. 걸어 다니는 기능이 주어졌다고, 길이 뚫려 있다고 아무 데나 천방지축 나대다 보면 깊은 수렁에 빠져 헤어 나올 수 없다. 요놈의 귀가 또 문제다. 좀 둔감해도 좋으련만 무슨 이야기든 더 듣고 싶어 안달한다. 팔랑대는 팔랑 귀다 보니 왜 그렇게 잘 알아듣는지 모르겠다. 두 귀를 쫑긋 세우고 바람이 실어다 주는 말까지 들으려 한다. 그도 저도 여의찮으면 눈치로라도 들으려 하니 이를 어이할꼬!

혼자서도 주어진 소임을 다할 수 있는 기관이 있는가 하면 신체의 어느 부분은 내가 아닌 누군가가 있어 둘이 함께여야만 온전히 제 역할을 다할 수 있도록 창조된 곳도 있다. 신이 인간을 창조하면서 생육하고 번성하라는 지상 명령이 주어졌다. 여기에는 지켜야 할 규범이 아주 많다. 그중 제일 중요한 것은 사람은 자웅동체此雌同體의 기능을 가지고 있지 않기에 서로서로 짝을 이룬 뒤 이를 통하여 사랑하고 번성하라는 계명이다. 여기에는 절대로 남의 것을 탐해서는 안 된다는 준엄한 명령이 포함되어 있다. 성스러운 규범이며 삶의 근간을 바로 세워가기 위한 불문율임이 분명하다. 그럼에도 이를 소홀히 여겨 남의 것도 내 것인 양 천방지축 나부대는 바람에 인면수심의 일들이 난무한다. 어찌 그리 쉽게 내 것을 버릴 수 있는지, 남의 것을 탐하여 빼앗으면서도 일말의 가책을 느끼지 않는지 모를 일이다.

무엇이 세상을 소요스럽게 하고 사람을 사람답지 못하게 하는 가. 언론매체를 통해 보지 않았으면 좋았을 것들이 적나라하게 드러나 우리의 심상에 상처를 입힌다. 얼마 전엔 정분이 난 남자 와 함께 남편을 살해한 여인의 이야기에 경악했다. N번방 사건 이니, 무슨 방 사건이니 하는 이상한 일들이 곳곳에서 일어나고 있다. 섬뜩한 일이다. 인간이기를 포기해서인가 별로 부끄러워 하지 않는 이들을 보며 소름이 돋았다. 그뿐인가. 방송매체에서 는 폭력물이 난무하고 있다. 말초신경을 자극하는 내용이 아니 면 시청률이 오르지 않는다고 하니 알 수 없는 일이다. 오호! 통 재라 이를 어찌할꼬!

그동안 적조했다는 이유로 몰아세웠던 지인에게 위로와 박수 를 보낸다. 비록 신체의 중요한 부분을 잃어버려 심히 안타깝지 만, 창조주로부터 부여받은 '제 몸 사용설명서'를 귀히 여겨 부끄 러운 행동을 하지 않아서다. 삶의 가치를 어디에 두는가에 따라 내가 존중받고 세상이 아름다워질 수 있음을 잘 알고 있는 그대 여! 그대는 진정 아름다운 여인이로소이다.

(문학미디어 2020. 겨울호)

다른 듯, 같은 삶에 대하여

 책장을 넘긴다. 검은 활자들이 웅성거리기 시작한다. 누군가는 엄마의 꿈이 되어드리지 못해 시詩 속에서 울었단다. 또 다른 이는 중도 장애를 입어 경제 활동을 할 수 없게 되자 아내는 가장이 되고 본인은 살림 사는 주부가 되었다며 헛웃음을 웃는다. 환하게 웃는 모습이 너무 고와 바라보는 이를 서럽게 하는 한 여인은,

 "꿈속에서 임을 만나면 성치 못한 몸일랑 소풍 보내고 /새롭게 빚어져/ 선물로 오신 고단한 임의 마음/ 깨끗이 씻어 드리고 싶다"며, 애달프고 애달파라. 통곡한다. 그들의 이야기에 가슴 아려 활자들이 얼룩지기 시작한다.

 낯설었다. 그들을 만나기 위해 그곳에 들어서는 순간 가슴속에서 무엇인가 쿵 하고 내려앉는 것 같은 둔탁한 소리가 났다.

내가 감당할 수 있을까. 두려움이 엄습해왔다. 약속했으니 돌아갈 수도 없고. 지난 어느 봄날. 문학 교실을 열고 싶다는 협회 대표의 제안에 내가 가지고 있는 작은 달란트지만 누군가에게 도움이 될 수 있을지 모른다 싶어 그들과의 조우가 시작되었다.

그런데 시작부터 매끄럽지 못했다. 그곳이 장애인 문화교류협회이다 보니 내가 만나야 하는 이들 대부분이 선천적으로 중증 장애인들이었는데 그들의 상황을 정확히 파악하고 사전 준비 못한 탓이었다. 발달 장애가 있는 이들은 아예 말을 하지 않고 무반응이어서 접근조차 쉽지 않았다. 대부분은 정상적인 교육을 제대로 받지 못한 터라 읽을 수는 있어도 한글을 말이 되게 바로 쓰지 못한다는 것이 가장 큰 난제였다. 직면한 상황이 난감하면서도 신체적인 여건 때문에 교육의 사각지대에서 살아갈 수밖에 없었을 거라 싶어 작은 힘이나마 저들의 마중물이 되어 주리라 다짐했다.

우선은 서로 소통할 수 있어야 하고 서로의 마음이 닿아야 했기에 뇌 병변 장애로 인해 언어가 제대로 되지 않는 이의 말을 알아들으려 애썼다. 아예 반응이 없는 이들의 관심을 끌어 보려고 그들의 이름을 부르고 등을 두드리기를 반복했다. 이 프로그램의 목표가 문학이라는 매개체를 통해 마음에 있는 상처들을 풀어내 치유하는 데 목적이 있었기에 서두르지 않고 서로 교감

하려 애썼다.

시간이 가면서 얼음장 밑에서 흐르는 물소리처럼 여린 소리가 들리기 시작했고 그 소리는 점점 커져서 작은 시냇물 소리로 변해갔다. 귀 기울이니 전혀 알아들을 수 없던 말도 조금은 알아들을 수 있었고 무반응이었던 이들도 웃어주기 시작했다. 이리저리 돌아다니는 전동차도 전혀 낯설지 않았다. 마침내 우리는 서로 만날 날을 기다리는 사이가 되었다.

마음을 열기 시작했으니 마음속에 있는 것들을 글로 표현할 수 있도록 해야 하는데, 또 다른 난관에 봉착했다. 글을 쓰기 위해서는 우선 표기법에 맞게 한글을 쓸 수 있어야 함에도 읽을 수는 있어도 쓸 줄을 모르는 상태이기에 어떻게 해야 하나 고심했다. 아주 쉬운 글 필사본을 만들어 그 위에 덧쓰게 하기도 하고, 소리 내어 읽어보는 연습을 반복했다.

서툴더라도 자신의 이야기를 글로 써보기 위해 시도했다. 한글을 조금 아는 이들은 굽은 손가락으로라도 핸드폰 자판을 터치해 쓴 글을 카카오톡으로 받아 컴퓨터에 저장해 프린트해서 함께 나누는 방식을 택했다. 글을 전혀 쓸 줄 모르는 이들은 그들의 이야기를 듣고 녹음해 대필해 주는 구록 채 방식을 통해 원고를 작성했다.

보내오는 글들이 전혀 말이 되지 않는, 무슨 소리인지 알 수 없는 문장이었지만 그중에서 알 수 있는 단어들을 골라 연결하여 '이건 이런 뜻에서 쓴 것 아니냐'며 글이라는 것은 말하는 것과 같아서 우선 읽을 때 말이 되어야 한다는 말을 반복하고 또 반복했다. 이해하든, 하지 못하든 시간마다 그들의 마음을 건드릴 수 있을 것 같은 작품들을 프린트해서 나눠주고 읽어 주었다.

지성이면 감천이라 했던가. 전혀 변화가 없을 것 같았던 글들이 조금씩 변화가 생기기 시작했다. 아주 말이 안 되던 글이 말이 되는 부분이 늘어났다. 주 4시간의 수업을 위해 그 몇 배의 시간을 할애해야 할 정도로 힘든 시간이었기에 갈등도 많았지만, 노력의 결과는 헛되지 않았다.

그렇게 반년이 훌쩍 넘는 날들을 지나는 동안 서툴지만 소소한 그들의 이야기가 시라는, 수필이라는 형식을 빌려 한 편 두 편 쌓여갔다. 60여 편의 글들을 모아 ≪다른 듯 같은 삶 그 첫 번째 이야기≫라는 이름을 단 작지만 그들의 삶의 무늬가 수 놓인 책이 세상에 나오는 기쁨을 누리게 되었다.

책이 출간되던 날 자신의 이야기가 실린 책을 안고 어린아이처럼 기뻐하던 모습을 기억한다. 작은 칭찬에도 너무 좋아 숨이 넘어갈 정도로 까르르 웃던 친구. 36번이나 수술했다며 몸도 마음도 너무 아파 항상 표정이 어두워 유난히 내 가슴을 아프게 했던 그녀, 장애인의 복지를 위해 평생을 헌신한 장로님, 태어나

한 번도 일어서 보지 못해 일어서 보는 것이 소원이라며 배시시 웃는 모습이 너무 서러워 눈시울을 적시게 했던 소녀처럼 수줍음 많은 그녀, 중도 장애로 인해 편마비가 된 어떤 이는 나는 글을 쓸 줄 모른다며 산만 한 덩치에 거드름(?)을 피워 나를 기죽게 하더니 어느 순간 마음이 변해 서툰 글이지만 매일 한 편씩 쓰는 바람에 즐거운 비명을 지르게 하던 이···. 그들의 모습이 활자 위로 너울댄다.

'국제 장애인문화교류협회 충북지회'는 장애인들의 삶의 질적 향상을 위해 그림그리기, 장구 치기, 공연 관람하기 등 다양한 일들이 이루어진다. 이는 온전히 협회 대표의 헌신과 열정에 의해 비롯된 결과다.

대표인 그녀는 중도 장애를 입어 하반신마비가 된 중증 장애인이다. 한때 경매시장에서 미술품을 해설하며 빛나는 삶을 살았지만, 교통사고로 30대에 하반신마비가 되어 다시는 일어설 수 없게 되었다고 한다. 처음엔 자신에게 처한 상황에 수없이 절망했지만 이젠 괜찮다며 활짝 웃는 모습이 대견하다 싶으면서도 그녀의 재능이, 젊음이 아까워서 순간순간 안쓰러웠다. 어느 날은 다리가 심히 부어 있어 병원에 갔더니 다리가 부러져서 그렇다고 하더란다. 하반신에 아무 감각이 없어 다리가 부러졌어도 알지 못하는 상황의 장애를 가지고 있으면서도 동료 장애인들을 품는 것을 사명으로 알고 그들의 복지를 위해, 정신적 빈곤을 채워주기 위해 헌신하는 모습이 눈물겹다.

저들도 나름의 비전을 꿈꾸며 행복을 추구하는 삶을 살아간다. 어떤 이는 신체의 어느 부분 하나 성한 곳이 없으면서도 시인이 되고 싶다는 일념 하나로 구부러진 손가락으로 끊임없이 태블릿PC 자판을 두들기며 습작에 습작을 거듭한다. 또 다른 이는 손가락 하나 제대로 움직일 수 없으면서도 바느질하는 사람이 되고 싶었던 젊은 날을 생각하며 그 손으로 꽃무늬 천에 박음질해 작은 지갑을 만들어 놓고 삐뚤빼뚤한 바늘땀도 무늬가 되었다며 기뻐하는 게 눈물 나게 고맙다.

우리네 삶을 자연의 사계에 비유한다면 나는 지금 겨울의 중심에 서 있다. 순간순간 부끄러웠다. 입으로는 더불어 살아가는 삶을 주장하면서도 선뜻 다가가지 못한 데서 오는 부끄러움, 특별한 시선으로 저들을 바라보지 않았나 싶어서다. 그런 내게 생의 끝자락에서 저들과의 만남은 그분이 허락한 축복이다. 남은 삶을 어떻게 살아야 할 것인가를 조금은 알게 하는 지표가 되었다. 생의 끝자락에서 저들과의 만남은 아프면서도 아름다운 날들이었다.

냄새

비타민 주사를 맞았다. 온몸에서 비타민 냄새가 났다. 비타민 제품을 바른 것도 아니고 단지 주사를 맞은 것뿐인데 몸에서 비타민 냄새가 나다니 경이롭다.

처음엔 이 냄새가 어디서 나는 것인가 싶어 집안을 여기저기 쿵쿵대며 돌아다녀 보았지만 알 수 없었다. 그러다가 얼굴이 간지러워 간지러운 부분을 손으로 만지려는데 냄새가 코끝을 스치는 것이었다. 하여 팔뚝에다가도 코를 대고 냄새를 맡아보니 그곳에서도 나고, 비누로 손을 싹싹 씻은 뒤 다시 맡아보아도 여전했다. 그랬다 냄새의 원인은 바로 좀 전에 맞은 비타민 주사 때문이었다.

몽골에 갔을 때다. 초원이 너무 아름다워 기절할 뻔했고, 가까이 가서 보니 채 10센티도 안 될 정도로 바닥에 낮게 자라고 있

는 것들이 그냥 잡풀이거니 했는데 대부분이 야생화라는 사실에
또 한 번 놀랐다. 더 놀라운 사실은 야생화가 거의 허브여서 감
동했다. 초록의 물결에 취해 야트막한 산등성이를 오르다 보면
향기로운 냄새가 오감을 흔들어 깨우는 통에 스커트 자락을 펄
럭이며 체력이 바닥나는 줄도 모르고 쏘다녔다.

그곳의 가축들은 행복하다. 드넓은 초원을 누비며 먹고 싶은
것들만 골라 식성대로 먹어도 아무도 탓하지 않는다. 초원 대부
분이 향기 나는 야생화밭이다 보니 방목을 하는 가축들은 꽃을
먹고 사는 셈이다. 그래서인가 가축의 마른 분비물을 태워도 역
한 냄새가 나지 않았다. 흡사 꽃 냄새가 나는 것 같기도 했다.

봄볕이 청량한 5월 어느 날 비자림 숲에 갔다. 이제 막 피어난
여린 잎들 사이로 소쇄한 바람과 은빛 햇살이 스며들자 숲은 햇
살과 바람이 이끄는 대로 초록 춤을 추기 시작했다. 숲이 느릿느
릿 숨차지 않게 추는 춤사위를 따라 여린 향기가 숲을 가득 채워
갔다. 그러자 숲에 든 이들 누구라 할 것 없이 숲이 춤을 추면서
품어내는 아주 비릿하면서도 배토롬한 초록의 향기를 숨 쉬느라
코의 평수가 조금 넓어졌고 가슴을 활짝 열었을 뿐 아주 조용했
다. 그날 나는 비록 몇 시간에 불과했지만 내가 숲인지 숲이 나
인지 구분하고 싶지 않았다. 그냥 숲에 동화되고 싶었다. 내 안

에서도 초록의 향기가 나길 소원했다. 생각해 보니 그 이유는 숲이 뿜어내는 여리고도 상큼한 향기 때문이었다.

향기는 정직하다. 이 당연한 사실을 두고 오래 생각했다. 사람 냄새 나는 삶을 살고 싶다는 생각에서였다. 막연하면서도 추상적인 생각이 순간순간 나를 괴롭혔다. 말의 온도가 너무 뜨거워서 누군가에게 화상을 입힌 적은 없는지, 글의 온도가 너무 차가워서 읽는 이의 가슴에 닿지 않은 적은 얼마나 되는지, 삶의 모습이 소요스러워서 부끄러웠던 적은 얼마나 되는지…. 이런 것들은 나를 사람 냄새나게도, 멀어지게도 하는 근원일 터이다. 얼마를 더 바장여야 초록을 머금은 향기가 날는지 요원한 일이다.

숨골

숲속 풍경이 눈길을 사로잡는다. 수많은 생명을 품어 안고 기르는 제주의 곶자왈이다. 곶자왈은 화산이 분출할 때 점성이 높은 용암이 크고 작은 바윗덩어리로 굳어 요철 지형이 이루어져 형성된 지역으로 푸른 숲을 이루기에 천혜의 조건을 갖추고 있는 생명의 보고다.

수많은 생명을 품고 있는 제주의 곶자왈에는 열대 북방 한계선의 식물들과 한대 남방 한계선의 식물들이 함께 공존하며 자란다. 예덕나무도, 새우난도, 천량금도 있으며 고사리밥이 지천이다. 숲의 정령들이 바람을 타고 넘나들며 속살대는 소리가 가슴을 흔들어 댄다. 저들이 뿜어내는 신선한 향기를 가슴속 깊이 들이마시며 귀 기울여 그들의 속살거리는 소리를 듣는다. 이곳 곶자왈의 식물들이 제 속도에 맞추어 아름답게 자랄 수 있는 것은 생명의 통로인 숨골이 있어서라 한다.

화산 폭발로 분출된 용암 위에 천년의 세월이 덧입혀져 곶자왈의 산야가 형성되었다. 곶자왈을 이루고 있는 바위 틈새 사이사이에는 물을 흡수하고 내뿜는 구멍 숨골이 있다. 하늘이 어두워지고 두꺼운 구름 무리가 바람을 타고 달려가면 굵은 빗방울이 쏟아져 내리고 빗물은 용암의 틈새 사이사이에 존재하는 숨골을 통해 바위 밑으로 숨어 들어가 땅속 깊은 곳에 저장된다. 그렇게 저장된 빗물들은 때를 따라 필요를 알고 숨골을 통해 솟구쳐 올라 생명을 키워낸다. 한겨울에 수목들 위에 뽀얀 물안개 같은 게 서리는 것도 숨골을 통해 하얀 김이 쏟아져 나와 수목들을 촉촉이 적셔주고 있어서다. 이로 인해 곶자왈에 존재하는 꽃나무들은 일찌감치 고운 꽃을 피워낸다.

숨골은 곶자왈에 서식하는 수많은 식물을 길러내는 생명의 통로다. 곶자왈의 숲이 이토록 청정하고 향기로울 수 있는 것은 햇살과 바람, 과하지도 부족하지도 않게 물길을 잡아주는 숨골이 제 역할을 다함이다. 생명의 젖줄인 숨골은 저장된 물 더미를 알맞게 뿜어내어 숲을 가꿔낸다.

숨골은 비단 어느 특정한 곳에만 존재하지는 않는다. 숨을 쉬며 살아가는 모든 것들에는 숨을 쉬기 위한 통로가 있다. 그곳의 명칭을 숨골이라 지칭하고 숨골이 제 기능을 다할 때 숨을 쉬며 살아갈 수 있다.

사람에게도 생명의 통로인 숨골이 있다. 피라미드처럼 생긴 뇌의 마지막 부분에 있으면서 자율신경을 자극하고 조절하는 기능, 호흡과 심장박동, 소화과정 조절, 시상과 각성 수면을 조절한다고 한다. 숨골도 인체의 다른 기관과 마찬가지로 스트레스를 받고 그에 의해 뇌경색 뇌종양 뇌출혈에 걸릴 수 있다고 한다. 숨골이 이런 질병에 걸려 제 역할을 다하지 못하면 사람도 사망에 이른다고 하니 인간의 숨골 역시 생명의 통로임이 틀림없다.

곶자왈의 식물들이 숨골을 통해 때를 따라 수분을 공급받아 살아가듯이 우리네 사람도 숨골이 건강해 제 역할을 감당해야만 살아갈 수 있다는 사실이 놀랍다. 곶자왈에 서식하는 식물들은 솟구멍이라고도 하는 숨골이 말 그대로 때를 따라 적절하게 물을 솟구쳐 올리지 않으면 죽을 수밖에 없다. 사람도 마찬가지다. 숨구멍이라고 하는 숨골이 제대로 숨을 쉬지 못하고 각기 제 몫을 감당하지 못하면 죽을 수밖에 없다. 자연의 회복은 역기능이 아닌 순기능을 통해 스스로 회복되길 기다리면 된다지만 사람의 경우는 어찌할 것인가. 내 몸을 갉아 먹는 스트레스에서 자유로워져야 할 일이다. 스트레스의 주원인이 되는 잡다한 욕망에서 놓여난다면 이에서 조금은 자유로울 수 있지 않을까. 좀 덜 가져도, 좀 덜 먹어도 괜찮은 거다. 너무 많이 먹어서 건강을 해친다고 한다. 생활의 다이어트를 통해 좀 단순해진다면 이 또한 좋은 일일 터이다.

우리가 살아가는 삶이라고 하는 길에도 숨골은 존재할 게다. 길을 찾기 위해 애써보지만, 사면이 꽉 막혀 앞이 보이지 않을 때도 있었고 인간관계가 얽혀 있어 고통스러울 때도 있었다. 벗어나 보려고 안간힘 했지만 제자리걸음이었다. 그때 '제발 숨 좀 쉬고 가자'라는 말이 떠올랐다. 그 말은 명언이었다. 쉬면서 차분히 뒤돌아보니 막힌 사면 속에서 숨구멍을 찾을 수 있었고 복잡한 관계도 실타래 풀리듯 자연스럽게 풀어졌다. 숨골이 보일 때 삶의 길도 열릴 수 있는 것이리라. 자연에 있어서나 사람에게 있어서나 숨골은 생명의 통로다.

쉼

짧은 겨울 해가 산마루를 넘고 있다. 노을은 붉고 산 그림자는 고즈넉하다. 소임을 다하고 나목들의 발치에 누운 낙엽들의 모습이 순하다. 추수를 끝낸 들녘은 나름의 몫을 다한 뒤에 오는 평온함으로 충만하다. 순리를 따르는 그들의 모습이 겸허하다. 겨울은 자연에 있어 쉼이다.

봄 여름이 생성을 위한 함성으로 충만하다면 가을은 결실을 내기 위해 옹골차면서도 야무진 모습으로 제 몫을 다한다. 겨울은 뿌리를 땅속 깊이 박고 돌아올 봄날을 위한 쉼에 든다. 생성을 위한 쉼이다.

내게도 쉼이 찾아왔다. 자연의 겨울은 새 생명의 잉태를 위한 쉼이지만 내게 다가온 이 겨울의 쉼은 어떤 의미일까. 지난가을 인생 2막으로 시작한 일들에서 손을 놓았다. 몸은 한가해졌는데 마음 둘 곳이 없어 공연스레 여기저기로 서성인다. 시원섭섭하다는 말의 의미가 이런 것일까. 강산도 변한다는 십여 년 넘는 세월을 보내면서 힘에 겨웠던 날들도 많았지만, 땅의 소중함과 생명의 신비를 알아가는 기쁨이 더 컸던 탓이 아닌가 싶다. 전혀 짧지 않은 날들을 때로는 버거워하면서 가파른 세월의 길목을 오르내리며 그려낸 삶의 무늬들이 떠오른다.

본인의 뜻과는 전혀 상관없이 어떤 상황에 떠밀려 남편이 정년을 조금 앞두고 퇴직을 할 수밖에 없었던 날을 기억한다. 교직을 천직으로 알고 혼신의 힘을 다해 차곡차곡 쌓아 올린 성이 무너지는 순간이었다. 한 인간의 삶의 궤적이, 나아가서는 한 가정의 뿌리가 통째로 무너져 내리는 절체절명絶體絶命의 위기였고 아픔이었다. 떼어버리려야 떼어버릴 수조차 없는 혈연으로 연결된 이들로 하여 내게 멍에가 씌워졌다. 원망스러웠고 아팠다. 생채기가 덧나 진물이 철철 흐르는 마음을 가눌 수가 없었다. 가슴으로 더운 눈물이 장맛비같이 흘러내렸다. 세상은 내게 그리 호의적이지 않다며 원망하고 또 절망했다. 어떤 결과 뒤에는 보이는 것만이 다가 아니라 차마 드러낼 수 없는 것들이 더 많을 수 있음에도 항변할 수 없다는 사실이 나를 못 견디게 했다.

봄 여름이 가고 또 한 해가 가고 숱한 날들을 웅크리고 있을 때 그런 나를 향해 내 안의 또 다른 내가 손짓하기 시작했다. 이

대로 물러앉아 있기엔 남은 삶이 소중하지 않냐며 채근했다. 그의 속삭임에 힘입어 한 걸음씩 세상을 향해 걸음을 떼어 놓을 수 있었고 시간이 지나면서 상한 심령이 조금씩 회복되어 갔다. 절망의 틈새를 비집고 소망이라는 빛이 비추기 시작했다.

좌절을 딛고 인생 2막을 시작하면서 첫 번째로 주어진 일은 어린아이들을 보듬고 양육하는 일이었고, 두 번째는 꽃과 더불어 소일하는 것이 주가 되는 농원을 경영하는 일이었다. 상실의 고통 끝자락에서 우리 곁에 와준 새로운 기적 같은 일들은 우리 부부에게 이전에 전혀 알지 못했던 세계를 알게 해주었고 새로운 삶의 터전을 마련하는 기틀이 되었다.

어린이집을 운영하면서 어린아이들과의 만남은 새로운 활력소가 되기에 충분했다. 밤새 잠을 설친 뒤라도 출근해 아이들의 재잘대는 소리에 잡다한 생각들은 사라지고 가슴속엔 떠들썩한 아이들의 웃음소리로 가득 채워지곤 했다. 크리스마스 선물이 너무 크다고 울던 우준이, 자폐증을 앓고 있는 친구가 머리를 벽에 마구 부딪치고 울 때면 '그러면 네 머리가 얼마나 아프겠느냐'며 친구를 안고 어쩔 줄 몰라 하던 영민이, 자기도 슈퍼맨처럼 날 수 있다며 창밖으로 뛰어내리는 바람에 간담을 서늘하게 했던 채준이. 때로는 아이들의 엉뚱한 행동에 당황스러울 때도 있었지만 그들의 가슴 안에 존재하는 순수함과 무한한 가능성은 내게 큰 감동을 선물했다. 그 아이들을 만나지 못했다면 이런 순수한 기쁨을 어찌 알았겠는가.

생각지도 않았는데 우리 곁에 찾아와 동고동락했던 자연과 더불어 살아낸 십수 년의 날들 역시 내 삶을 풍요롭게 하기에 충분했다. 이슬이 내려 촉촉한 땅 위에 작은 꽃 묘를 옮겨심기도 하고 청량한 아침 공기에 취해 치맛자락을 펄럭이며 돌아다니다 보면 내 마음도 꽃으로 피어나곤 했다. 초보 농부가 되어 흙과 더불어 살아낸 날들이 없었다면 햇살과 바람의 속삭임에 따라 무거운 흙덩이를 밀치고 여린 새순이 돋아나는 생명의 경이로움을 어찌 알았으랴.

보통 사람들처럼 좀 더 평안하고 안정된 삶을 살았으면 좋았겠지만, 어느 이유에선가 그분은 우리에게 그런 삶을 허락하지 않으셨다. 왜 그랬을까. 그분께서는 감당할 시험밖에 주시지 않는다고 하는데 그래서였을까. 무심히 스치는 바람도 그냥 왔다가는 것이 아니라고 한다. 작은 대추 한 알이 붉게 익어가는 데도 햇살과 비바람, 천둥 번개까지 녹아들어야 한다고 하지 않던가. 하물며 사람이 한 생을 살아감이 수월하기만 바라겠는가.

격랑의 시간들을 보내고 쉼을 허락받았다. 고맙고, 고맙다. 이제 남은 삶을 살아가는 동안 지난至難한 세월을 용케 견뎌낸 경험을 바탕으로 사람살이가 힘든 이들의 이웃이 되려 한다. 혹시라도 삶이 힘들어 갈등하는 이들을 만난다면 이렇게 말하리라. "지금은 벼랑 끝에 서 있는 것 같지만 찾고 찾다 보면 길은 열리게 마련이라고. 내가 살아보니 그래도 세상은 살만한 곳"이더라고. 부딪혀 깨지기도 하고 상실의 길목에서 다시 일어서기 위해 혼신의 힘을 기울여 살아내다 보면 정금같이 단단해질 수 있다고.

이 겨울이 지나면 봄이 올 게다. 봄소식과 더불어 쉼에 들었던 대지는 어김없이 품 안에 품었던 새 생명을 밀어 올릴 것이고 쉼을 통해 비축한 영양분을 공급받은 생명들은 날로 푸르러져 갈 것이다.

놋화로

산촌의 겨울은 유난히 춥고 길었다. 여름날의 반 자락밖에 되
지 않을 성싶은 겨울 해가 지고 나면 나뭇가지를 흔들어대는 매
운바람 소리가 문풍지를 울리는 밤은 길기만 했다. 해가 저물기
시작하면 산골 마을의 정지에서는 투두둑 투두둑 소나무 타는
소리가 정겨웠고 굴뚝을 타고 자우룩이 피어오르는 연기 속을
휘돌며 퍼져가는 솔향으로 그윽했다.

군불 때기를 마친 집안의 안주인은 요염한 광채를 내며 이글
거리는 숯불을 고무래로 긁어내어 화로에 옮겨 담곤 했다. 그 불
빛은 꽃보다 고왔다. 가세가 넉넉한 가정에서는 담아내야 하는
화롯불도 서너 개는 되었다. 바깥어른이 머무는 사랑채로, 안노
인이 거주하는 안방으로, 큰방 작은방으로 담아내느라 손길은
늘 분주했다. 그러면서도 그들은 고단타 내색하지 않았다.

바람 소리 매서운 겨울밤이면 언 몸을 녹이기에 딱 좋을 만큼 따끈따끈한 아랫목에는 귀가가 늦은 대주의 밥사발이 묻혀 있기도 했고 화롯불 위에서는 뭉근하니 찌개가 끓곤 했다.

일반 가정에서는 대개 옹기 화로나 질화로를 사용하곤 했는데 우리 집에는 보기 드문 놋화로가 있었다. 화로의 전더구니에 '몇 년 몇 월 며칠 육학년 졸업생 일동'이라 쓰여진 화로였다. 이는 6학년 학생들이 졸업하면서 담임선생님이셨던 아버지에게 사은의 뜻을 담아드린 선물이었다. 어떤 해에는 놋그릇 두 벌에 수저 두 벌일 때도 있었고, 더러는 양복 한 벌일 때도 있었다. 이를 두고 요즈음의 촌지나 뇌물에 비교한다는 것은 천부당만부당한 일이다.

오랜 세월이 지나도 잊히지 않는 기억들이 있다. 밤이 이슥하도록 호롱불이나 남포등을 밝혀놓고 앉은뱅이책상 앞에 앉아서 철필로 원지 위에 글씨를 새기던 아버지의 모습이다. 철판 위에 원지를 놓고 글씨를 쓰는 것을 두고 쓴다고 표현하기에는 너무 부족하고 새기는 것이라고 표현하는 것이 마땅하다 싶었다. 아버지의 검지와 중지 손가락 사이에 백인(박인) 티눈을 볼 때면 그런 생각이 들곤 했다.

놋화로나 유기그릇들은 범접할 수 없는 아버지 권위의 상징이었고 우리 가족 모두는 기꺼운 마음으로 이를 인정했다. 적어도 일 년에 몇 번쯤은 볏짚에 짚 재를 묻혀가며 화로와 유기그릇을 윤이 나게 닦느라 심히 고단했지만 불평할 수는 없었다. 가족을 부양하기 위해 손가락에 티눈이 박히도록 헌신하신 아버지의 노고에 비하면 아무것도 아니었기에 당연히 감당해야 할 일이었다. 또한 스승을 사랑하고 존경하는 학생들의 마음을 간직한 채 우리 집에 와준 화로에 대한 예우이기도 했다.

놋화로는 어머니에게도 없어서는 안 될 귀한 것이었다. 아버지의 박봉으로 여섯이나 되는 자식들을 먹이고 입히고 가르친다는 것이 버거웠던 시절 부부가 함께 가정을 세워나가야 하고 자녀 양육도 부부 공동의 책임이라는 것을 통감하셨던 어머니에게 꼭 필요한 도구였다. 긴 겨울밤이면 어머니는 군불을 때고 담아다 놓은 화롯불이 잦아들려 하는 시간인데도 화롯가에 앉아 계실 때가 많았다. 그런 새벽녘쯤이면 초저녁에 마름질을 끝낸 비단 천은 끝동이 곱게 달린 비단 저고리나 자식들의 혼사를 매듭짓기 위해 상견례를 하러 갈 때 입을 이웃 어른들의 윗옷으로 변해 있곤 했다. 바느질하려면 화롯불은 필수였다. 마름질하기 위해 선을 긋는데 필요한 초크 같은 것이 없었던 그때에는 알맞게 달구어진 인두가 그 역할을 대신했기에 인두를 달구어 줄 화롯불은 없어서는 안 될 귀한 존재였다.

살아생전 아버지께서는 옷장 한자리를 차지하고 있는 빛바랜

양복저고리를 꺼내 당신의 함자 밑에 새겨진 '졸업생 일동'이라 쓰인 글자들을 쓰다듬어 보시기도 했고, 새로운 문물에 떠밀려 제 소임을 내려놓고 거실 구석 자리에 정물되어 놓여 있는 놋화로를 지긋이 바라보며 추억여행을 떠나곤 하셨다. 아버지는 아마도 당신의 가슴 한 자락에 머무는 그때의 아이들 모습을 에둘러 보며 젊은 한 시절 그들과 함께했던 때가 당신의 일생 중에 가장 빛나는 시절이었다고 생각하셨으리라.

바람이 분다. 차고 매끄러운 겨울바람이 마른 나뭇가지를 흔들어댄다. 저녁 어스름 낡은 겨울 햇살이 산마루를 넘고 있다. 오늘 같은 날엔 청솔가지가 타며 내뿜는 솔향에 취해보고 싶다. 깊어 가는 겨울밤 사위어가는 화롯불을 다독이며 듣던 뒤란 대숲의 수런거리는 소리가 듣고 싶다. 남포등을 밝히고 책상 앞에 앉아 계시던 아버지가 보고 싶고 가장의 어깨에 얹혀 있는 무거운 짐을 덜어 주고자 긴 밤을 지새우며 화롯가에 앉아서 바느질하시던 어머니가 그립다.

우리 가족과 더불어 한 생을 살아내면서 제 몫을 온전히 감당한 뒤 이는 자연의 순리라며 정겨웠던 화롯불 대신 지난 삶의 이야기들을 오롯이 간직하고 있는 놋화로를 바라보며 긴 상념에 젖는다.

(한국문학대표작선집 2017.)

인생 국수

영등포역 광장 국숫집에서 국수를 먹었다. 잔치국수, 어묵 국수, 얼큰 국수 등 다양한 메뉴 중에서 무엇을 먹을까 고민하다 얼큰 국수를 먹었다. 그런데 내가 주문한 내 몫의 국수를 먹고 있으면서도 영 성이 차지 않아 다른 사람들이 먹고 있는 국수에 자꾸만 눈길이 갔다.

국물을 훌훌 들이마시며 맛나게 잔치국수를 먹고 있는 이들을 보니 그것도 먹고 싶고, 국수와 함께 들어 있는 통통하니 먹음직스럽게 부풀어 있는 어묵을 건져 먹고 있는 이들을 보니 침이 꼴깍 넘어가고. 배가 고픈 것도 아니고 대식가도 아니니 내 몫의 음식만 먹으면 될 터인데 쓸데없이 남의 것에 눈독을 들이며 흘깃거리다니….

이 국숫집의 이름은 '인생 국숫집'이다. 이름이 좀 특이하다.

술집 이름이라면 또 모를까 국숫집 이름이 인생 국숫집이라니! 간판에 쓰인 이름에 이끌려 나도 모르게 들어왔고 인생 국수를 먹겠다고 길게 늘어선 이들의 대열에 합류했다. 벽에 붙어 있는 메뉴판을 보니 특별한 것 없는 몇 가지 국수 이름이 적혀 있다. 가격은 똑같이 오천 원이란다. 요즈음 국수 한 그릇 가격이 칠, 팔천 원을 호가하는데 가격이 참 정직하구나 싶으면서 왠지 이 집의 간판 이름과 잘 어울린다 싶다. 검은 천에 흰 글씨로 대충 쓰인 간판에 이끌려 나도 모르게 들어가 길게 늘어선 줄 맨 뒤에 서서 무엇을 먹을까 생각하다 얼큰 국수를 시켰다.

국수 맛은 그냥 그랬다. 뻣뻣한 열무로 담근 신 열무김치에 더 얼큰하여지라고 청양고추를 넣었는가. 매운 것을 엄청 좋아하는 내 입맛에도 "아이고 매워" 소리가 절로 나온다. 세상을 헤매고 돌아다니다 뉘 집 담벼락에 부딪혀 눈탱이 밤탱이 되었을 때처럼 눈물이 난다.

내 앞에서 어묵 국수를 먹고 있는 반백의 아주머니에게 물었다. "인생 국수가 뭐냐고, 드셔봤느냐?"고.

즉시 날아온 그의 대답,

"나두 몰러!"

주홍글씨

덜컹 내려앉았다. 워낙 새가슴이다 보니 별것 아닌 일에도 수시로 가슴이 내려앉곤 한다. 오늘도 마찬가지다. 내 개인과는 아무 관련이 없는 일인데다 보통 사람들이면 그냥 스쳐 지나갔을 만한 내용일지 모르는데 일간 신문 한 귀퉁이에 있는 아주 짧은 글을 읽는 순간 가슴에서 덜컹하는 소리가 났다.

모 야구선수가 신인 드래프트 1차 선발전에 지명되었다가 철회되었다는 내용이다. 철회 이유가 중학교 때 소속되었던 야구팀에서 동료 선수를 폭행했다는 것이 밝혀져서라고 한다. 문득 주홍글씨가 생각났다. 그가 한 행동의 경중을 떠나 아직 삶의 바른 가치관이 형성되기 전에 있었던 일로 인해 평생 가슴에 주홍글씨를 새기고 살아야 하는 것은 아닐까 싶어서다.

학교폭력은 이미 청소년들 사이에 여러 가지 형태로 빈번하게 일어나고 있다. 있어서는 안 되는 일임에도 불구하고 상상조차 할 수 없는 끔찍한 일들이 수시로 일어나고 있어 가슴을 내려앉게 한다. 이는 어디에서 기인한 것일까. 먹고 입고 쓰는 모든 것이 여유로워졌다. 문화적인 면에서도 우리네가 살아온 시절과는 비교도 안 될 정도로 발전했다. 무엇이든 원하면 가질 수 있고 볼 수 있고 들을 수 있는 시대를 저들은 살아간다. 그럼에도 인간이 필수적으로 갖추어야 할 덕목 중 가장 중요하다고 볼 수 있는 생명 존중의 사상, 서로 존중하고 살아야 하는 것이 인간 본연의 자세라는 것을 잃어가고 있는 것이 작금의 현실이 아닌가 싶다. 서로 함께보다는 나 홀로도 충분하다는 개인주의가 팽배해가는 이 시대. 서로를 존중하며 살아가는 데서 보람을 느끼기보다는 상대방을 괴롭히는 데서 쾌감을 느끼고 성취감을 느껴 친구를 동료를 괴롭히는 아이들이 늘어 간다는 이야기가 방송매체를 통해서 들려올 때마다 가슴이 내려앉곤 한다. 아무런 죄의식 없이 타인을 괴롭혀놓고 왜 그랬냐고 물으면 재미로 그랬다는 아이들을 볼 때면 아연실색할 수밖에 없다. 이 아이들을 어찌하면 좋을까. 그들이 재미 삼아 한 일로 인해 상대방은 지워지지 않는 상처를 안고 평생을 살아갈 것이고 가해자는 그 상황이 올무가 되어 그의 평생 따라다닐 수 있다는 사실을 저들이 알아야 하리라.

일차지명에서 철회된 야구선수도 그 한 예다. 소속팀의 동료에게 행한 그 일이 이렇게 엄청난 결과를 가져오리라고는 상상조차 못 했을 것이다. 뛰어난 실력을 갖췄음에도 재미 삼아 한 분별력 없는 행동이 그의 인생에 엄청난 걸림돌이 되고 만 것이다.

　보도된 내용을 살펴보면 피해 학생과 가해 학생의 경우 상황을 정리하는 과정이 원만치 못했던 것 같다. 피해 학생의 부모는 충분한 사과를 원했는데 가해자 측으로부터 진정한 사과를 받지 못해서 법정까지 가게 되었다 하고, 가해자 부모는 충분한 사과를 했음에도 받아들여지지 않아서 그리되었다고 한다. 결국은 소통의 문제가 아닌가 싶다. 아무리 진심 어린 사과를 했다고 하더라도 상대방이 충분하지 않다고 하면 그것은 충분하지 않을 수도 있겠다 싶기도 하다. 받아들여지지 않는 사과는 사과가 아닐지도 모른다. 언젠가 들은 강의 내용이다. 내가 아무리 사랑을 주었어도 상대방이 받지 않았다고 하면 받지 않은 것이라고 한 말이다. 그렇다면 어떻게 해야 할까. 서로를 위해 가해 학생이나 부모는 피해 학생 측에서 받아들일 때까지 사과해야 할 수밖에 없을지도 모른다. 이는 피해 학생만을 위한 것뿐만 아니라 상처를 준 내 아이를 위해서이기도 하다는 것을 생각하면서 말이다.

　얼마 전 방영된 된 드라마 ≪한번 다녀왔습니다≫가 생각난다. 극 중의 여러 이야기 중 한 부분이 마음에 큰 울림으로 남았다. 한 청년이 실력 있는 유도 선수였는데 시합 과정에서 본인의 상대역이었던 선수가 사고로 사망하고 말았다. 실로 엄청난 사건이 아닐 수 없다. 시합 중에 일어난 사고라고는 하지만 상대방 선수가 죽은 것이다. 선수의 부모는 자식을 잃었고 자식을 잃은 부모의 마음을 누가 헤아릴 수 있겠는가. 아무리 고의가 아니었다고 해도 그의 부모는 상대 선수를 용서할 수 없을 것이고 그렇다고 해도 누가 그 부모를 탓할 수 있을 것인가.

그런데 이변이 일어났다.

상대역이었던 선수는 뛰어난 실력을 갖추고 있었고 국가대표로 선정되었으나 죄책감으로 선수 생활을 포기하고 집을 떠나 방황하면서 끊임없이 떠난 선수의 부모를 찾아가 사죄하고 친구가 잠들고 있는 곳을 찾아가 통곡한다. 그의 진심이 통했는가. 시합 도중 사망한 선수의 부모가 그를 찾아가 이제 이만하면 되었으니 그만 방황하고 어서 선수촌으로 돌아가라고 격려한다. 아름다운 용서였고 화해였다.

오늘 갈등하고 있는 저들 사이에도 정말 어려운 일이겠지만 이런 화해가 이뤄지길 간절히 바란다. 드래프트 1차 지명전에 선정되었다 탈락한 선수의 부모는 상대 선수가 받았을 상처를 깊이 헤아려 그 상처가 아물기를 소원하며 용서를 구하고 아울러 선수의 부모가 진심 어린 사과를 받았다고 가슴으로 느낄 때까지 노력할 때 화해의 장이 열리지 않을까 싶다.

진정한 화해와 용서를 통해 괴롭힘을 당한 젊은이의 상처가 치유되고 또 다른 젊은이의 가슴에 얼룩진 주홍글씨가 사라지길 바란다.

코뿔새의 사랑법

발정기가 된 수컷 코뿔새는 집을 지을만한 장소를 마련해 놓고 암컷을 유혹하기 위해 춤을 춘다. 화면을 통해 본 그의 춤사위가 얼마나 현란한지 눈을 뗄 수 없었다. 수컷 코뿔새의 깃털 자체가 오방색을 띠고 있는 데다 햇살을 받아 더욱 윤기 나는 깃털을 흔들고 춤을 추면서 구애의 노래를 부르는 모습이 심장을 벌렁거리게 했다. 그 모습은 가히 필사적이었다. 단순히 발정기가 되어 한때의 희락을 누리기 위한 것이 아닌 생존을 위한, 종족 번식을 위한 염원이 담겨서인가 싶기도 했다. 어떤 암컷이 그 모습을 보고 마음을 빼앗기지 않으랴.

얼마의 시간이 지났을까. 수컷의 구애에 화답하며 암컷 한 마리가 날아들었다. 드디어 신부를 만나 짝을 이루게 된 것이다. 둘은 함께 수컷이 마련해둔 둥지로 다가가더니 서로 약속이라도 한 듯 둥지 안을 드나들며 청소를 시작한다. 서로 오가며 무엇인가를 물어다 버리는 것을 보면 신방을 차리기 위해 방안을 정리하는 것이 분명하다. 한참을 집 안을 드나들며 부스러기들을 물어다 버리는가 싶더니 그다음부터는 진흙을 물어다 넓은 입구를 좁히고 있다. 겨우 몸을 비집고 들어갈 만큼 입구가 좁아졌다. 이제 집 단장이 끝났나 싶었는데 또 무엇인가를 물어다 입구 근처의 나무 벽에 바르고 있다. 해설자의 말에 의하면 천적들로부터 새끼들을 보호하기 위해 냄새가 역한 벌레인 노래기를 물어다 짓이겨 벽에 발라 냄새 때문에 침입자가 오지 못하게 하려는 것이라고 한다.

한참의 시간이 지났다. 신랑 신부의 마음에 흡족할 만큼 집안을 단장했는지 암컷은 좁은 입구를 비집고 안으로 들어가고 수컷은 꼬리 부분을 입구로 들이밀어 사랑을 나눈다. 사랑의 행위가 끝나고 나면 코뿔새 부부는 각자 서로의 역할에 충실하다. 암컷은 보통 두세 개의 알을 낳고 새끼들이 잘 태어나도록 어미로서 역할에 최선을 다한다. 새끼가 부화해도 밖으로 나오지 않고 3주 정도를 집안에서 새끼들과 함께 지낸다. 참 이상하다. 암컷은 왜 새끼들이 태어난 후에도 밖으로 나오지 않는 것일까? 새끼들을 돌보기 위함인지? 몸조리하기 위함인지?

수컷 코뿔새에겐 그때부터 고된 가장의 삶이 기다리고 있다. 부양가족을 먹여 살리기 위해 불철주야 먹이 활동을 한다. 갓 태어난 새끼부터 암컷까지 먹여 살려야 하니 그 고초가 얼마나 클까. 먹이를 공급하는 것뿐만 아니고 새끼들과 암컷의 배설물까지 처리해야 하니 그 힘듦이 가히 짐작이 간다. 그러나 묵묵히 본인의 책임을 다한다.

암컷이 드디어 밖으로 나왔다. 나오자마자 이내 새끼들 입에 넣어 줄 먹이를 구하기 위해 어디론가 날아갔다 돌아오기를 반복한다. 수컷 역시 마찬가지다. 그때부터 저들은 부모의 역할에 최선을 다한다.

새끼들은 엄마 아빠의 극진한 보살핌 속에 무럭무럭 자라 스스로 먹이 활동을 할 수 있는 시기, 태어나서 3개월 정도가 되면 둥지를 떠난다. 화면 속 새끼들도 모두 둥지를 떠났다. 둥지를 떠나 홀로서기를 시작하는 새끼들을 보며 부모는 한편으로 해야 할 책임을 다한 것에 대해 뿌듯함으로 감격스러웠을 것이고, 한편으로는 잘 자라준 새끼들이 대견스러웠을 게다. 더불어 잘 자라서 번식이 어렵다고 하는 종족의 미래를 위해 번성하기를 간절히 바랐으리라.

코뿔새의 사랑은 남다르다. 한 번 맺은 인연을 귀히 여겨 평생을 함께한다. 이들 부부도 새끼들이 떠난 빈집을 다독이며 함께 살아갈 것이고 살아가는 동안 생육하고 번성하라는 자연의 법칙에 순응하며 부모로서의 삶을 살아갈 것이다. 이것이 코뿔새의 사랑법이다.

　늦은 밤 다큐멘터리 동물의 사랑법 3편을 보았다. 엄마의 사랑법. 무리의 사랑법. 코뿔새의 사랑법이었다. 보는 동안 가슴이 따뜻해졌다.

　악어의 이야기인 '엄마의 사랑법'을 보면서는 신기하고 놀라웠다. 모래를 깊이 파고 그 속에 알을 낳고는 다시 모래로 덮어 일정 기간이 지나 알이 부화하면 새끼들을 강으로 데려가기 위한 작업이 시작된다. 어미 악어는 새끼 악어 몇 마리를 입 안에 넣고는 모래사장을 가로질러 강으로 간다. 그런데 신기한 것은 어미의 그 억센 이빨속에서 어떻게 상처 하나 없이 살아남을 수 있느냐는 것이다. 악어의 모성이 눈물겨웠다.

　원숭이 이야기인 '무리의 사랑법'을 보면서 우리네 대가족 제도를 생각했다. 어미 원숭이가 출산하면 무리의 어린 암컷들은 덩달아 분주해진다. 그들은 모두 갓 태어난 어린것의 보모가 되기를 자청한다. 그러면서 어린 암컷들은 모성애에 대해 배우며 어른이 되어가고, 어미는 그동안 쉬면서 출산하느라 부실해진 몸을 회복한다. 웬만큼의 시간이 지나 건강이 회복되었다 싶으면 어미는 그때에야 새끼를 데려간다. 자연스럽게 이뤄지는 이들의 사랑법을 보면서 생각했다.

동물들의 복잡하면서도 아름다운 사랑법은 인간의 사랑법을 비추는 거울 같다는.

4

그곳에
가다

아직은 봄의 초입인데도 바람 끝이 따스하다.

상흔으로 얼룩진 이들의 이야기를 품어 안고 가만가만 뒤채는

바다와 해안선을 따라 길게 펼쳐져 있는 송림이 무심한 듯

여린 바람에 흔들리며 길손을 맞이한다.

이 아름다운 해안 길이 전염병으로 인해

부모와 함께 살 수 없었던 한센인 부모와 아이들이

한 달에 한 번 만나던 아픈 역사의 현장으로

탄식의 장소라 불리던 수탄장이 있었던 길이라 한다.

−본문 〈그곳에 가다〉 중에서

온 마음을 갈아서 손끝에 모으고
– 국어사전을 시집처럼 읽었다

"겨울이니까 삭막한가? 삭막? 삭막은 아니고 싸늘하잖아요. 적막? 적막하기는 한데 적막만은 아니고, 막막한 것도 아니고, 처연인가? 처연은 좀 축축해요. 처연하다. 묵연하다. 삭연하다. 온갖 '연'은 다 써봤어요. 시험 볼 때 줄긋기 있잖아요. 그것처럼 다 갖다 맞춰보는 거예요. 수십 개를. 그럼 혹시 '삭연'이라는 말이 있을까. 사전을 찾아보니까 있는 거 있죠. 눈물이 쏟아지는 거예요. 너무 좋아서.

어느 경우에는 제 몸속에 고여 있던 말을 음악처럼, 금광의 금싸라기처럼 캐내기도 하지만 어느 경우에는 수학 문제를 풀듯이 수십 개를 늘어놓고 조립하기도 하죠. 그것이 맞아떨어질 때는 정말 황홀하고 아름답고 이 말을 막 소문내고 싶고."

'독락재'라는 현판이 붙어 있는 문학관의 문을 열고 들어서니 잔잔하게 흐르는 음악 소리와 함께 출입구 옆 탁자 위에 놓인 선생의 육필 원고 하나가 눈에 들어온다. '국어사전을 시집처럼 읽었다'는 제목 아래 쓰인 위의 글을 읽노라니 선생의 작품을 읽으면서 나를 감동으로 이끌었던 아름다운 문장들의 근원을 조금은 알 수 있을 것 같기도 했다.

꽃샘추위라도 하려는가.

봄이라고는 하지만 차고 매끄러운 바람이 품 안을 파고들어 옷깃을 여미게 하는 삼월 중순이다. 오래전에 읽어 내용조차 가물가물해져 버린 게 아쉬워 《혼불》을 다시 읽는 중에 《혼불》의 주인공인 효원의 사가가 있는 대실 마을 앞산의 대숲들이 바람을 맞으며 수런거리는 소리에 이끌려 찾아온 이곳은 최명희문학관이다.

최명희문학관은 2006년 전주에 들어선 최초의 문학관으로 남원에 있는 혼불문학관이 선생의 대표작인 혼불을 중심으로 꾸며졌다면 이곳은 작가 최명희를 중심으로 구성되었다고 한다. 그래서인가 전시관에는 녹록지 않았던 선생의 삶과 그 흔적들이 고스란히 담겨 있다고 직원이 안내한다. 일층 전시관인 독락재에는 선생의 혼이 담긴 육필 원고 뭉치들과 지인들에게 보낸 친필편지와 엽서, 동영상을 통해 문학 강연을 하는 선생의 모습을 볼 수 있고 지하 비지동락지실에는 여러 작품에서 추려낸 아름다운 글들과 강연 원고들. 작가와 평론가들이 선생을 조명해보며 남긴 글들이 부드러운 조명 아래서 친근하게 다가온다.

전시실에 비치되어있는 글들과 안내자의 설명을 통해 선생의 내면의 소리들이 녹아 흐르는 작품세계를 들여다본다.

"모국어는 모국의 혼, 나의 꿈은 모국의 바다에 있고 말에는 정령이 붙어있다."라고 표현할 정도로 우리말을 사랑하고 아꼈던 선생은 훈민정음 창제에 공이 큰 문정공 최항의 19대손으로 1947년 10월 10일 전북 전주시 경원동에서 태어났다. 삼정승을 두루 거친 문사의 후손답게 선생은 일찍부터 탁월한 글재주를 보였다. 고교 문예 콩쿠르에서 장원을 휩쓸어 소년 문사로 이름을 날렸던 그는 '공포의 자주색'이라는 별명이 붙을 정도였고, 1965년 전국 문예 콩쿠르에 당선된 수필 〈우체부〉는 학생의 작품으로는 처음으로 고등학교 교과서에 실리기도 했다.

1981년 동아일보 창간 60주년 기념 장편소설 공모에 《혼불》이 당선되면서 본격적인 작품 활동이 시작된다. 선생은 창작에 전념하기 위해 재직 중이던 서울 보성여자고등학교 교사직을 사임했다. 누구보다도 가르치는 일을 사랑했고 아이들을 존중했던 그는 지금도 제자들에게 가장 잊을 수 없는 스승으로 존경을 받고 있다고 한다.

이때부터 선생은 신문과 잡지 등 다양한 매체에 칼럼을 비롯하여 여러 편의 작품을 발표하기 시작했다. 그의 칼럼들은 삶에 대한 깊이 있는 통찰력과 인간에 대한 따뜻한 시선이 돋보였으며 단편소설로는 ≪주소≫ ≪매별≫ ≪까치까치설날≫ ≪이웃집여자≫ ≪쓰러지는 빛≫ 등이 있고 장편으로는 월간지 '전통문화'에 연재되었던 〈제망매가〉와 선생의 혼을 불어넣은 그의 대표작 예술 대하소설 ≪혼불≫이 있다.

≪혼불≫은 1996년 12월 전 5부 10권으로 출간되었고 혼신의 힘을 다한 집필 기간은 무려 17년, 원고의 양은 200자 원고지 1만2천여 매. 작품의 시대 배경은 1930년대에서 1943년까지이며 우리의 역사에서 가장 아프고 어두웠던 일제 강점기 삼십여 년을 배경으로 쓰여졌다. "내 뼈를 나 홀로 일으키리라."고 다짐하는 작품 속의 여인 청암 부인을 통해 선생은 자웅동체로서의 거대한 여성성을 보여 주고 있다.

그의 생명까지도 작품 속에 불어 넣고 말았는가. ≪혼불≫ 출간 2년 후인 1998년 12월 11일 '아름다운 세상 잘 살고 간다.'는 유언을 남기고 향년 51세로 선생은 영면에 들었다.

선생의 작품세계를 이해하는 데 도움이 될 것 같아서 이곳에 비치되어있는 몇 편의 글을 소개한다.

"나는 인간과 자연과 우주와 사물의 본질에 숨어 있는 넋의 비밀들이 늘 그리웠다. 그리고 이 비밀들이 서로 필연적인 관계로 작용하여 어우러지는 현상을 언어의 현미경과 망원경을 통하여 섬세하게 복원해 보고 싶었다. 이중에도 나는 느낌을 복원해 보고 싶었다. 나는 이 복원이 단순한 기록에 그치지 않고 어제와 오늘을 이으면서 참된 우리 삶의 모습과 우리 원형질에 가까이 가는 사다리 칸 한 개로 살아나기를 감히 원하였다. 혼불은 목숨의 불, 정신의 불, 삶의 불이라고 할 수 있겠다. 그것은 또 사람을 사람답게 하는 힘의 불이기도 하다. 즉 혼불은 존재의 핵이 되는 불꽃인 것이다. ―<무엇이 나로 하여금 이렇게 끊임없이 '혼불'을 쓰게 하는가>에서"

"웬일인지 나는 원고를 쓸 때면 손가락으로 바위를 뚫어 글씨를 새기는 것만 같은 생각이 든다. 그것은 얼마나 어리석고 간절한 일이랴. 날렵한 끌이나 기능 좋은 쇠붙이를 가지지 못한 나는 그저 온 마음을 사무치게 갈아서 손끝에 모으고 생애를 기울여 한 마디 한 마디 파나가는 것이다. 그리하여 세월이 가고 시대가 바뀌어도 풍화 마모되지 않는 모국어 몇 모금을 그 자리에 고이게 할 수만 있다면. 새암은 흘러서 냇물이 되고 냇물은 강물을 이루며 강물은 또 넘쳐서 바다에 이르기도 하련만. 그 물길이 도는 고을마다 굽이마다 깊이 쓸어안고 함께 울어 흐르는 목숨의 혼불들이 그 바다에서는 드디어 해원의 눈물 나는 꽃 빛으로 피어나기도 하련마는, 나의 꿈은 그 모국어의 바다에 있다.

　　　　　　　　　　　　　-≪혼불≫ 두 번째 출간본 작가 후기에서"

　얼마나 심금을 울리는 그의 내면의 소리인가. 그중에도 그는 "나는 일필휘지 않는다."라고 하면서 그것을 증명이라도 해주려는 듯 3~4미터씩 달아낸 교정지가 소품으로 전시되어 있어 글을 쓰고자 하는 많은 이들에게 새로운 경각심을 주기에 충분하다.

　문학관을 돌아보는 내내 무엇이 나를 그토록 뜨거운 열기에 휩싸이게 했을까. 혼불이 없으면 죽은 생명과 같다면서 혼불이 살아 있는 아름다운 시대를 간절히 꿈꾸는, 국어사전을 시집처럼 읽었고 원고를 쓸 때면 손가락으로 바위를 뚫어 글씨를 새기는 것 같다고 고백한 선생의 뜨거운 숨결이 느껴져서인지도 모른다.

　어둠이 내려앉기 시작하는 저녁 무렵 돌아오는 길에서의 바람은 그리 차갑게 느껴지지 않았다.

　　　　　　　　　　　　　　　　　　　　　　　(문학미디어)

문학은 생명의 본질 위에 쓰이며

흐드러졌던 벚꽃이 이울 무렵 그곳에 갔다. 한국문학의 산실이라 할 수 있는 문학의 집 5층 세미나실에 도착하니 선생께서는 "문학은 생명의 본질 위에 쓰이며 예술은 생명의 근원으로 가는 접근이다. 그러나 문학보다는 개개인의 삶이 소중하고 사랑은 설렘이 있는 아픔"이라시며 넉넉한 웃음으로 화면 속에서 방문객을 맞이해주신다.

박경리 문학공원은 강원도 원주시 단구동에 자리 잡고 있다. 이곳은 선생이 1980년~1998년까지 거주하면서 역사와 문명의 대서사시인 소설 ≪토지≫의 4~5부를 쓰신 옛집과 작가에 관한 모든 자료를 한곳에 모은 문학의 집이 있어 대문호 박경리 선생의 삶과 문학을 오롯이 느낄 수 있는 곳이다.

공원 정면에는 지난해에 새로 신축된 문학의 집이 있고 건물

2층에는 살아생전 선생께서 쓰시던 유품들이 타임캡슐 안에 보관되어 방문객을 맞이한다. 소설 ≪토지≫의 육필 원고와 만년필. 손때 묻은 국어사전. 손수 옷을 지을 때 썼던 재봉틀. 직접 만들어 즐겨 입으셨던 원피스. 텃밭을 일굴 때 쓰던 호미와 장갑 등이 작가 생전의 모습을 말해준다. 전시실 3층에는 토지의 역사적 공간적 이미지와 등장인물들의 관계도, 하이라이트 등, 작품의 이해를 돕는 공간으로 구성되어 있어 이곳에서 서희와 길상이도, 임이네와 용이도, 그 시대를 살았던 소설 속의 인물과 만날 수 있다.

문학의 집 현관 옆 돌계단을 따라 내려가면 작가의 옛집이 있다. 20여 년 가까운 세월을 이곳에 사시면서 토지 4부와 5부의 대단원의 막을 내린 작가의 옛집은 정갈하고 아담하다. 18평의 작은 공간에는 할머니로부터 유품으로 받았다는 귀납장, 낡은 소파. 평상시 즐겨 쓰시던 찻잔 등에선 아직도 선생의 온기가 느껴질 것만 같다. 집필실에 놓여 있는 짙은 갈색의 탁자 위엔 만년필과 돋보기, 재떨이도 있다. 선생의 손때 묻은 유품들을 보고 있으려니까 원피스 차림의 선생이 틀어 올린 머리에 뿔테 안경을 쓰시고 탁자 앞에 앉아 집필에 몰두하고 있는 모습이 아련하다. 해 질 녘 동쪽에 있는 작은 방에서 홀로 식사할 때면 슬프고 무서웠다는 말을 생전에 자주 하셨다고 하는 해설자의 말을 들고 있자니 가슴이 시려온다.

옛집 거실 유리창 밖으로 공원이 보인다. 공원으로 조성되기 이전에는 채마밭과 작은 꽃밭이 있었고 손자들과 고양이 강아지 닭들의 놀이터였다는 그곳. 땅의 본질을 훼손하지 않기 위해 비료 대신 계분을 차로 사서 거름으로 쓰면서 땅심을 높이고 제초제 한 번 쓰지 않고 밭을 일궈 그 소산물로 찾아오는 지인들에게 먹을거리를 만들어 손 대접하기를 즐겨 하셨다고 한다. 생명 있는 모든 것들을 너무도 사랑하셨던 선생은 강아지와 들고양이, 공중을 나는 새들의 먹이를 위해 정부미를 자루로 사들여 손수 밥을 지어 그들을 먹였다고 하니 사랑은 생명의 근원임을 강조하셨던 선생의 성품을 조금은 알 수 있을 것 같기도 하다.

지금은 그 채마밭이 문학공원으로 조성되면서 네 개의 테마 공원으로 꾸며져 있다. 한 곳은 텃밭에서 일하다 휴식을 취하기 위해 너럭바위에 걸터앉아 쉬곤 하시던 선생 생전의 모습을 조각해 놓은 동상을 중심으로 한 공원이 있고 다른 세 곳은, 아이들이 즐겁게 뛰논다는 의미를 가진 홍이 동산. 소설 토지 속 주인공들의 고향인 평사리 마당. 《토지》 2부 주요 배경지인 간도 용정의 이름을 딴 용두레벌로 구성되어 있다.

토지 이외에는 그간 발표한 작품들이 습작에 불과하다고 하는 선생의 문학의 흔적들을 살펴본다. 작가로서의 탄생은 단편 〈계산〉과 〈흑흑백백〉이 1955~56년에 걸쳐 김동리 선생에 의해 추천되면서 시작되어 ≪불신시대≫ ≪애가≫ ≪김 약국의 딸들≫ ≪시장과 전장≫ 등 수많은 장편과 단편을 발표하였고 이에 의하여 현대문학상, 내성문학상, 한국여류문학상, 월탄문학상 등 다수의 문학상을 수상하게 된다. 대하소설 ≪토지≫는 1969년 현대문학에 연재를 시작으로 1994년 8·15일에 대단원의 막을 내리기까지 장장 25년에 걸쳐 탈고되었으며 전 5부 16권이 완간되었고 이때 이화여자대학교에서 명예 문학박사 학위를 받기도 했다. 토지의 집필 기간에 버린 원고지가 26만 매라고 하니 그 고뇌의 깊이가 얼마나 컸을까.

작가의 삶을 들여다보면 그 역시 고통과 눈물의 연속이었다. 그는 1926년 통영 출생으로 20세에 김행도 씨와 결혼하여 남매를 두게 되나 남편은 육이오를 겪으면서 확신범으로 몰려 사망하고 아들 철수마저 어린 나이에 떠나보내야 하는 모진 아픔을 겪어야 했다. 남편과의 사별, 사고를 당한 어린 아들을 치료 한 번 제대로 받게 하지 못하고 떠나보내야 했을 때의 모진 아픔. 사위 김지하 시인의 긴 옥중생활을 지켜보아야 했던 고통의 나날들. 이를 어찌 감당하셨을까.

"삶이 그렇게 고통스럽지 않았다면 글을 쓰지 않았을 것이고 나의 글은 삶의 고통이 빚어낸 산물"이라고 하셨다는 선생의 이야기가 새삼 시리게 다가온다. 아픔으로 빚어낸 글을 통해 이 나라의 역사와 문학에 찬란한 꽃을 피운 선생은 지금 시리고 아팠던 모든 것들을 내려놓고 고향인 통영 미륵산 기슭에서 그가 그토록 사랑했던 이곳 문학공원의 흙을 이불로 덮고 영면에 들어 계신다.

돌아오는 길, "이데올로기, 돈, 명예에 사로잡히면 영혼이 자유로울 수 없어 좋은 글을 쓸 수 없다."는 선생을 생각하며, 님의 시 한 편을 떠올려 본다.

빗자루병에 걸린 대추나무 수십 그루가
어느 날 일시에 죽어 자빠진 그 집
십오 년을 살았다

빈 창고같이 휑덩그레한 큰 집에
밤이 오면 소쩍새와 쑥꾹새가 울었고
연못의 맹꽁이는 목이 터져라 소리지르던
이른 봄
그 집에서 나는 혼자 살았다
다행히 뜰이 넓어서
배추 심고 고추 심고 상추 심고 파 심고

고양이들과 함께
정붙이고 살았다

달빛이 스며드는 차가운 밤에는
이 세상 끝의 끝으로 온 것 같이
무섭기도 했지만
책상 하나 원고지, 펜 하나가
나를 지탱해 주었고
사마천을 생각하며 살았다

그 세월, 옛날의 그 집
나를 지켜주는 것은
오로지 적막뿐이었다
그랬지 그랬었지
대문 밖에서는
늘
짐승들이 으르렁거렸다
늑대도 있었고 여우도 있었고
까치 독사 하이에나도 있었지
모진 세월 가고

아아 편하다 늙어서 이리 편안한 것을

버리고 갈 것만 남아서 참 홀가분하다

    -<옛날의 그 집> 전문

(문학미디어)

오하라미술관에 가다

- 설렘을 가득 안고

봄날의 한가로운 오후, 작은 배들이 떠다니는 강변을 따라 늘어선 버드나무 그림자가 한가로이 흘러간다. 검은색 지붕에 회벽을 한 일본 특유의 건물들과 작은 운하가 어우러져 고풍스럽다. 강을 따라 걷는데 다과 음료 기념품 등을 파는 가게들이 눈길을 끈다. 진열대 안에 오밀조밀 놓인 소품들이 와보라고 손짓한다.

좌판 위에 발을 깔고 놓은 무라즈메가 낯설지 않다. 달걀과 밀가루로 반죽해 발효시켜 만들었다는 얇은 겉피 사이로 보이는 팥소 때문인 것 같기도 하고 어릴 적 먹었던 당고 같기도 하다. 이런 것들을 품은 작은 상점들이 거리와 운하와 잘 어우러져 그 자체만으로도 하나의 풍경처럼 느껴지는 이곳은 오카야마현에 있는 작은 마을이다. 일명 청바지의 거리라고도 불리는 이곳, 강을 사이에 두고 전통 목조건물이 고풍스러운 이 마을을 일본 정부는 '구라시키 미관지구' 전통적 건물 보존지구로 지정하여 관리하고 있으며 오하라 마고사부로의 고향이며 삶의 터전이기도 하다. 지금도 그의 후손들이 격자무늬의 회색빛 담으로 둘러싸인 저택 안에 살고 있으며 한 주에 한 번 문을 열어 관람객을 맞이한다고 한다.

이곳에 오하라미술관이 있다. 동양일보 문화탐방단의 일원으로 나오시마를 거쳐 이곳에 왔다. 미술에는 전혀 문외한이지만 떠나오기 전 여기저기 기웃대며 살펴본 정보만으로도 가슴 뛰었고 기대감으로 벅찼던 곳이다.

고요가 머무는 잘 정돈된 정원을 거쳐 미술관으로 들어서니 양쪽 기둥 옆에 로댕의 작품인 〈세례자 요한〉과 〈칼레의 시민〉 조각상이 관람객을 맞이한다. 한 작품은 말 그대로 그리스도인들에게 세례 의식을 행하기 위해 서 있는 요한의 모습이고, 한 작품은 백년전쟁 중 있었던 칼레지방의 6명 시민 이야기를 이미지화하여 로댕이 조각한 6개의 작품 중 열쇠를 가지고 온 jeindaire 라는 시민상이라고 한다. 그리스 신전을 닮았다는 건축물 기둥 양옆에 서 있는 두 조각상은 어떤 의미일까. 전혀 성격이 다른 작품을 입구 양쪽에 배치한 이유가 무엇일까. 엉뚱하게도 그 이유가 자못 궁금했다.

설렘을 가득 안고 근현대미술관으로 들어서니 거장의 작품들이 벽의 4면에 질서 정연하게 걸려있다. 작품들이 뿜어내는 색의 향연에 심장이 벌렁거렸다. 보고 듣는 것이 부족해서인가 늘 앎이 부족하다는 갈증에 헛헛했는데 수박 겉핥기로라도 거장들의 작품과 조우할 수 있다는 것은 가슴 뛰는 일이다.

　　아만장 〈머리카락〉, 마티스 〈화가의 딸〉, 엘그레토 〈수태고지〉, 모네 〈수련〉과 〈건초더미〉, 까미유 피사로 〈사과따기〉, 고갱 〈향기로운 대지〉, 르노와르 〈샘으로의 여자〉, 세잔느 〈목욕하는 여인들〉, 르동 〈종탑지킴이〉, 피카소 〈새장〉, 밀레 〈그레벨 풍경〉을 비롯해 많은 작품을 볼 수 있는 호사를 누렸다.

　　작품들은 각각 품고 있는 나름의 이야기를 내게 들려주었다. 아만장의 〈머리카락〉에서는 소녀의 풍성한 머리를 매만져 주는 여인의 모습에서 모성애를 느꼈고, 엘그레토의 〈수태고지〉에서는 미카엘 천사가 마리아에게 그리스도를 잉태할 것이라 예언하는 광경을 보며 그리스도의 신성神聖을 생각했다. 고갱의 〈향기로운 대지〉를 보면서는 자연과 더불어 노니는 여인의 모습에서 꽃향기가 나는 듯했고, 피사로의 〈사과 따기〉에서는 우리네 시골 가을 풍경을 보았다. 르노아르의 〈샘으로의 여자〉와 세잔느의 〈목욕하는 여인들〉에서는 여체의 신비로움에 매료되었다.

　　그보다 좀 더 깊게 작품의 의미를 알았으면 참 좋았겠지만, 이는 불가능한 일이고 작품들을 둘러보면서 내 나름으로 생각하고 감동했다. 그림의 화풍이, 채색이, 명도가 어떻고 이런 것쯤 모르면 어떠하랴. 모든 예술품은 보고 듣는 자가 느끼고 해석하기 나름이라고 하지 않던가. 보는 이의 각도에 따라 서로 다른 프리즘으로 느끼고 받아들여 각자의 삶에 녹아들 수 있다면 그 또한 족한 것인지도 모른다는 생각을 해 본다. 어쩌면 그림에 대해 아무런 상식이 없는 나의 자기 합리화일지도 모르는 어쭙잖은 생각을 하며 행복했다.

일본 최초의 서양식 근대 미술관인 오하라미술관은 1930년 방적공장 경영으로 부를 이룬 오하라 마고사부로가 1929년 서양화가이며 오랜 친구인 코지마 토라지로가 타계하자 그를 기념하기 위해 세웠으며 1930년에 개관했다. 미술관은, 근현대미술관, 동양관, 공예관으로 구성되었으며 총 3,500여 점이 전시되고 있다고 한다. 작품 대부분은 마고사부로가 토라지로에게 위탁 수집한 서양미술, 이집트미술, 중근동의 미술품들이라고 한다. 오하라미술관의 탄생은 마고사부로의 부를 바탕으로 두 사람의 우정과 신뢰, 토라지로의 안목이 만들어 낸 결과물이다. 또한 예술과 예술가를 사랑한 마고사부로의 빛나는 업적 중 하나라고 한다. 유럽에 갈 기회가 많지 않은 화가들에게 실물을 보여 주기 위해 토라지로의 자문을 위주로 미술품을 수집했다는 사실에 감동했다.

두 사람의 만남은 실로 엄청난 결과를 가져왔다. 그들이 만나지 않았다면 미술관은 탄생하지 않았을지도 모른다. 토라지로가 도쿄미술학교 학생 시절 지인 변호사에게 토라지로를 소개받은 오하라 마고사부로는 그의 천재성과 성실함을 알아보고 그를 유럽으로 유학시켰으며 토라지로는 학업과 동시에 유럽의 여러 곳을 돌아보며 미술에 대한 안목을 키워갔다. 둘 사이에는 믿음과 신뢰가 쌓여갔고, 마고사부로는 그가 추천하는 작품이면 거의 수집했다고 한다. 엘 그레코의 〈수태고지〉를 구입하게 된 데 대한 일화가 있다. 토라지로가 3차 유럽 여행 중 어떤 미술관에 가게 되었는데 〈수태고지〉가 경매에 나왔고 상당히 고가였다고 한다. 작품의 진가를 알아본 그는 사진과 가격을 보냈고 그것을 본 마고사부로는 즉시 거액의 현금을 보내 작품을 구입할 수 있도록 하였으며 일본에 이 그림이 있는 것은 기적이라 말한다고 한다.

오하라 마고사부로는 사업을 통해 얻은 부를 가지고 사회에 환원해 사회 전반에 걸쳐 선한 영향력을 끼친 실업가다. 그는 미술관 외에도 '오하라사회문제 연구소' '노동과학 연구소' '구라시키 병원' '구라시키 상업보수학교'(현 구라시키상업고등학교)를 설립했고 고아들을 도왔다고 한다.

미술관을 관람하고 그의 행적에 대해 살펴보면서 우리의 '간송

미술관'을 생각했다. 간송미술관 역시 간송 전형필 선생이 사재 전부를 털어 미술관을 설립했고 미술품을 수집했다고 알고 있다. 선생의 고미술품에 대한 사랑과 열정이 아니었으면 오늘 간송미술관은 존재하지 않았을 것이다.

　세상은 누군가의 아름다운 희생에 의해 귀한 것들이 지켜지고 더욱 빛날 수 있는 것이다. 오늘의 아름다운 나들이는 남은 삶을 살아가는 동안 순간순간 떠올라 행복할 게다.

놀라운 기적

익숙하지 못한 밤바다의 뒤채는 소리에 밤잠을 설치고 도착한 곳, 나오시마다. 갯내를 머금은 새벽공기가 바닷바람에 실려 혹 살갗을 스친다. 눅눅했던 몸과 마음이 조금은 가슬가슬해지는 듯하다. 거리로 나오니 아, 이곳이 바로 일본이구나 누가 말하지 않아도 알 것 같은 분위기다. 검은 기와에 회벽의 작은 2층 집. 거의 모든 집 앞마당에는 작은 정원이 있고 거리는 깨끗하다.

지난봄 내게 예기치 않은 일이 일어났다. 생각지도 않았는데 이곳 나오시마에 오게 되었다. 듣기로는 이곳에 오는 이들은 쿠사마 야요이의 작품인 노란 호박이나 빨간 호박을 보러 온다거나 미술에 관심이 있는 이들이 온다고 하는데 나는 전혀 다른 이야기를 듣고 호기심이 생겨 와 보고 싶었다. 쓰레기 섬이었던 이곳이 예술의 섬이 되었다는 사실이 내 구미를 당긴 것이었다.

이곳 나오시마는 일본의 시코쿠 가가와현 세토나이카이의 작은 섬으로 1980년까지만 해도 버려진 황폐한 섬이었다. 한때 구리와 금을 제련할 때 나오는 폐기물로 가득했고 주변의 바닷물은 온통 붉은색이고 기형의 물고기가 나올 정도였다. 그런데다 한센병 환자 강제수용소가 있어 섬은 일반 사람이 살지 않는 상처와 아픔으로 얼룩진 섬이 되어갔다고 한다.

쓰레기 섬으로, 버려진 섬으로 불렸던 이 작은 섬에 변화의 물결이 일기 시작한 것은 30년 전쯤 특별한 철학을 가진 한 사업가에 의해서였다. 일본의 대표적 교육기업인 베네세 그룹의 회장 후쿠다케 소이치로가 재생 프로그램을 통해 예술을 사랑하는 사람들이 모여들 수 있는, 사람이 살 수 있는 섬으로 만들어 보겠다는 그의 철학과, 빛과 콘크리트의 건축가 안도 다다오가 만나 새로운 섬으로 탈바꿈하는 놀라운 기적을 만들어냈다. 섬에는 안도 다다오가 건축한 지중(지추) 미술관과 베네세 (하우스)뮤지엄, 이우환미술관이 있고 섬의 여러 곳에 쿠사마 야요이의 붉은 호박과 노란 호박이 이곳을 찾는 이들을 맞이한다.

지중미술관은 해변을 바라볼 수 있는 능선을 훼손시키지 않기 위해 지하에 건축한 땅속 미술관이다. 미술관에 가려면 신발을 벗어야 한다고 해 신발을 벗고 맨발로 지하 통로를 걸어갔다. 그런데 전혀 지하라는 느낌이 들지 않았다. 콘크리트 벽면 사이로 스며드는 빛 덕이었다. 콘크리트가 가지고 있는 투박한 질감과 빛의 조화가 이루어내는 간결하면서도 온화한 느낌이 나를 편안함으로 이끌어 주었다.

이곳에는 클로드 모네, 제임스 터렐, 월터 드 마리아 세 명의 작품이 전시되어 있다. 모네의 방이다. 전 세계인의 사랑을 받고 있다는 수련 연작이 전시되어 있다. 어떤 작품은 초록의 향연을 배경으로 푸른 연못에 아침 햇살을 받으며 피어 있는 수련이 상큼한 향기로 다가왔고, 보랏빛이 화폭 전체를 어루만지고 있는 작품에서는 괜스레 눈물이 났다. 아련했다. 은은히 빛나는 보랏빛에서 지난 내 삶의 행간에 있었던 환희와 슬픔의 알갱이들이 겹쳐서 어른거렸다. 이는 아마도 십수 년을 연꽃과 살았기에 그랬는지도 모르겠다.

제임스 터렐의 방이다. 놀랐다. 방에 들어서니 실체의 그림이 있는 것이 아니고 스크린을 통해 빛이 그림을 그려가는 것이 생소하면서도 놀라웠다. 빛이 만들어 내는 무한한 이야기, 빛의 영원성을 생각했다.

월터 드 마리아의 작품과 마주한다. 그의 작품과 연결되어있는 계단을 걸어 올라가면 사면에 금박의 기둥이 지키고 있는 둥근 화강암과 만난다. 아무런 장식도 그림도 없는 크고 둥근 화강암이 인간존재의 생성과 소멸, 삶의 영원성을 표현했다고 하니 그저 놀라울 뿐이다. 바라보는 방향에 따라 빛과 만나 새로운 모습이 되어 다가와 조곤조곤 위로해 주었다. 한번 안아보고 싶은 충동이 일었다.

베네세하우스 내에 있는 베네세뮤지엄의 몇몇 작품들은 아직도 생생하다. 나오시마 섬을 예술의 섬으로 만들면서 치워야 했던 엄청난 쓰레기를 소재로 하여 만든 작품들이다. 한 작품은 세토내해(세토나이카이)에 떠내려온 각종 깡통을 압축해 만든 작품이고 다른 두 작품은 마찬가지로 해변에서 건져 올린 나무 조각으로 만든 작품이다. 나무로 만든 작품 중 하나는 가공되지 않은 원목을 모아 바닥에 원 모양으로 설치한 설치미술이다. 또 다른 작가의 작품은 원목이 아닌 한 번 가공했던 색깔이 있는, 나무들을 모아 완성한 작품이다. 전시된 여러 작품 중 유독 눈길을 끈 이 작품들을 보며 많은 생각을 했다. 지구라고 하는 곳의 공동체의 일원으로 살아가면서 마땅히 해야 할 일이 무엇인가에 대해서이고 그동안 내가 살아오면서 무심코 버린 쓰레기의 양은 얼마나 될까에 대해서다.

이우환미술관을 돌아보면서 괜스레 흐뭇했다. 더러 해외여행을 할 때 삼성이나 현대 등을 표시하는 광고판을 볼 때의 자긍심 비슷한 느낌이다. 참 이상하다. 일면식도 없으면서 같은 나라 출신이라고 하는 것만으로 자랑스럽고 흐뭇한 감정을 느낄 수 있으니 말이다. 지중미술관을 지나 이우환미술관으로 오다 보면 미술관 입구에 콘크리트로 된 봉이 하나 세워져 있고 붉은색을 띤 돌 하나가 놓여 있다. 봉을 세운 이유는 차갑고 딱딱한 콘크리트 건물에 공간적 활력을 불어넣으려는 이우환 작가의 발상이었다고 한다. 넓은 정원으로 들어서면 철로 된 삼각형의 조형물을 가운데 두고 양쪽으로 붉은 돌 조각품이 놓여 있다. 미술관 안에 전시된 작품 역시 대부분 돌과 철로 된 것이었는데 그 이유는 돌은 지구의 생성 물질 중 하나인 자연의 산물이고, 철은 인간이 만들어 낸 산물 중 하나로 이들이 서로 교감하며 소통하는 것을 보여 주고 싶어서라고 한다. 작품이 전시된 공간을 돌아보면서 잘은 모르지만, 자연의 산물과 인간이 만든 산물의 조화와 소통을 생각했다는 작가의 마음을 조금은 알 것 같았다. 그런가 하면 녹슨 느낌의 철과 붉은빛의 돌들이 뿜어내는 가볍지 않은 따뜻함에 심신이 평안해졌다.

여행 일정 중 바람이 예사롭지 않은 날 쿠사마 야요이의 빨강 호박을 보기 위해 미야노우라항에 갔다. 백사장에서 그가 있었다. 굴곡진 빨간 몸 안에 크고 작은 원들을 가득 품고 흰 모래사장에 홀로였다. 그의 작품은 수많은 점이 무한 반복되면서 완성된다. 그가 만들어낸 색색의 호박들은 모양도 다양하고 크기도 다양하다. 작품 속 반복되는 점들은 어린 시절 학대받으면서 자

랄 때 집 안의 붉은 천들이 자기 몸을 휘감는 환상을 볼 때 생겨
난 환각들의 잔상이라고 한다. 작품을 보면서 아직도 정신질환
을 앓고 있다는 구순의 노인인 작가의 모습이 떠올랐다.

지난번 제주의 본태박물관에서 그의 작품인 〈무한 거울의 방〉
에 들어가 오색의 크고 작은 원들이 그려내는 환상적인 이미지
에 취한 적이 있었다. 동그라미라는 형체 한가지가 색과 어우러
져 노란 호박도, 빨강 호박도, 쭈그러진 골진 호박이 되기도, 무
한 거울의 방에서는 영혼의 반짝임을 표현할 수 있다는 사실이
경이로웠다.

쓰레기 섬. 버려진 섬에서 특별한 한 사업가의 철학이 한 예술
가와의 만남을 통해 아름다운 섬으로 환골탈태한 섬 나오시마를
돌아보며 생각했다. 사람이나 자연이나 누구를 만나느냐에 따라
얼마든지 변할 수 있다는 것을.

많이 가지는 못하지만, 국내나 국외 여행을 할 때면 어떤 테마
를 정해서 가는 것을 즐겨 하는 내게 이번 여행은 아름다운 기억
으로 남을 것 같다. 다만 아쉬운 것은 이곳 사람들이 살아가는
작고 소소한 모습들을 보지 못한 것이다.

* 이번 여행은 동양일보에서 주관한 나오시마와, 오하라미술관을 둘러보
  는 문화탐방팀으로 참가했다.

그곳에 가다

간밤에 얼어서 손가락이 한 마디/ 머리를 긁다가 땅 위에 떨어진다/ 이 뼈 한마디 살 한 점/ 옷깃을 찢어서 아깝게 싼다/ 하얀 붕대로 덧싸서 주머니에 넣어둔다/ 날이 따스해지면/ 남산 어느 양지 터를 가려서/ 깊이깊이 땅 파고 묻어야겠다.

　　　　　　-한하운(1920~1975)<손가락 한 마디>

천형이라 불렸던 질병에 의해 말초신경이 마비되어가면서 어느 순간 신체의 일부분이 뚝 떨어져 내릴 때의 절망감과 고통을 대변할 적절한 언어가 있을까. 언제 어느 순간 또 다른 손가락 발가락이 떨어질지 알 수 없는 상황에 직면해 있는 그들에게 뼈 한 조각 살 한 점의 의미는 상상조차 할 수 없는 것이었으리라.

2016년 7월 SBS에서 방영한 다큐 프로그램 〈그것이 알고 싶다〉를 본 후 꼭 한번 와 보고 싶었던 곳 소록도다. 아직은 봄의 초입인데도 바람 끝이 따스하다. 상흔으로 얼룩진 이들의 이야기를 품어 안고 가만가만 뒤채는 바다와 해안선을 따라 길게 펼쳐져 있는 송림이 무심한 듯 여린 바람에 흔들리며 길손을 맞이한다. 이 아름다운 해안 길이 전염병으로 인해 부모와 함께 살 수 없었던 한센인 부모와 아이들이 한 달에 한 번 만나던 아픈 역사의 현장으로 탄식의 장소라 불리던 수탄장이 있었던 길이라 한다. 바람으로도 전염된다고 믿었던 당시였기에 혹여 전염될까 봐 부모는 바람을 맞는 자리에 자식은 바람을 등지는 자리에 서서 서로 바라보는 것으로 만족할 수밖에 없었다는 이야기가 가슴 시리게 다가온다.

아이가 태어나 부모와 생활하는 5년 동안 전염이 되지 않아 음성이면 보호소로, 양성이면 부모와 함께 살 수 있었기에 어떤 아이들은 부모가 그리워 차라리 병에 걸리길 소원했다는 이야기가 떠올라 명치끝이 아리다. 아이의 부모는 아이가 음성이면 헤어져야 하는 아픔에 가슴을 치며 울었고, 양성이면 한센인으로 살아야 하는 자식의 고통을 알기에 벽을 들이받으며 울었다고 하니 이러나저러나 고통스러울 수밖에 없었던 그들의 애환을 어찌 가늠할 수 있을까.

송림을 사이에 두고 펼쳐진 길 한켠에 스물다섯 피 끓는 청춘에 타의他意에 의해 정관 수술을 받으며 꿈꾸던 사랑이 무참히 사라지는, 장래 손자를 보겠다던 어머니의 꿈이 사라지는 통한 을 부르짖은 '이동'의 시비詩碑 〈단종대〉와 해방이 되었으나 여전 히 굶주림과 박해에 견디다 못해 자치권을 부르짖다 무참히 학 살된 84인의 위령탑이 발길을 붙든다. 시비와 위령탑에 새겨져 있는 글들이 당시에 빚어졌던 인권유린의 아픈 역사를 대변해 주고 있다.

그 옛날 나의 사춘기에 꿈꾸던/ 사랑의 꿈은 깨어지고/ 여기 25세 나의 젊음을/ 파멸해가는 수술대 위에서/ 내 청춘을 통곡 하며 누워 있노라/ 장래 손자를 보겠다던 어머니의 모습/ 내 수 술대 위에서 가물거린다./ 정관을 차단하는 차가운 메스가/ 내 국부에 닿을 때/ 모래알처럼 번성하라던/ 신의 섭리를 역행하는 모습을 보고/ 지하의 히포크라테스는/ 오늘도 통곡한다.
　　　　　-이동의 〈단종대〉 전문

단종斷種대 사건은 해방 전 일본인 소호원장의 후안무치厚顔無 恥한 행동에 의해 비롯된 인권침해 사건이다. 한센병은 유전이 아님에도 이곳 소록도에 오게 된 젊은이들은 본인의 의사와는 관계없이 정관 수술을 받을 수밖에 없었다고 한다.

단종대 사건이 일본인 원장의 반인륜적인 행위에 의해 비롯된 사건이었다면 84인이 희생된 사건은 해방 직후 동족에 의해 벌어진 사건이라는 사실이 보는 이의 가슴을 더욱 아프게 한다. 전 소록도 병원장이었던 '조창호'의 증언을 참고로 사건의 경위를 살펴보면 소록도에 해방의 소식이 전해진 건 1945년 8월 18일이었고 사건이 일어난 것은 8월 22일이었다. 당시 병원장이던 일본인 나카시가 병원의 어떤 의사에게 창고의 열쇠를 주며 '환자들이 먹고사는 데 지장이 없도록 잘 지키라' 했다고 한다. 그 말을 들은 또 다른 의사 '석사학'은 직원들을 찾아가 이 말을 전했고 당시 병원의 실권을 쥐고 있던 몇몇이 이 말을 듣고 강도질을 하려 하자 소록도 주민들과 다툼이 벌어졌고 이 상황 속에서 실권을 쥐고 있던 이들이 무차별적으로 환자들을 살해한 사건이다. 개인의 이익을 취하기 위해 수많은 생명을 무참하게 살해할 수 있다는 사실에 경악하고 또 경악할 수밖에 없었다.

해안선을 따라 해풍을 맞으며 걸어 올라가다 보면 현대식으로 건축된 병원 맞은편에 이곳에 오면 꼭 돌아보아야 한다는 곳. 감금실과 검시실檢屍室이다. 내부에 들어서니 서늘하면서도 칙칙한 기운이 감도는 것 같아 섬뜩했다. 아무런 법적 근거도 없이 관리자의 판단만으로 감금돼 인간 이하의 취급을 당했던 감금실의 내부를 살펴보며 분노하지 않을 수 없었다. 배변실과 주거시설이 전혀 분리되지 않은 상태에서 인간 이하의 삶을 살 수밖에 없었다는 사실 앞에 망연자실했다.

감금실 옆에는 검푸른 시멘트 바닥 중앙에 사람 하나가 누울 수 있는 흰 사각의 링이 있고 그 아래로 수술할 때 배출되는 혈액을 흘려보내기 위한 수도꼭지가 보는 이로 하여금 경악을 금치 못하게 한다. 수술대 위에서 인간의 존엄성이 온전히 말살된 상태에서 정관 수술과 낙태 수술이 행해졌고 시신의 해부까지 수시로 이루어졌다고 하니 그 참상이야 말해 무엇 할까. 인간 이하의 취급을 받았던 이들의 부르짖음과 죽은 자들의 영혼의 부르짖음으로 얼룩졌으리라.

한센인은 세 번 죽는다는 말이 있다고 한다. 천형이라 불리던 병이 발발했을 때, 한으로 점철된 생을 마감했을 때, 질병의 원인을 알아내야 한다는 이유로 시신을 해부한 뒤 화장당했을 때를 일컫는 말이라 한다.

검시실과 감금실 뒤편으로 잔디가 곱게 깔린 정원에 눈길이 머문다. 잘 다듬어진 정원수들이 적재적소에 심겨있는 소록도 중앙공원이다. 이곳의 아픈 역사와는 정반대로 공원은 너무 아름답고 평화로워 보인다. 이 아름다운 공원은 당시 병원 원장이었던 소호가 개인의 욕망을 충족시키기 위해 건립한 것으로 1936년 12월에 착공하여 1940년 4월에 완공하였으며 소록도에 수

용된 한센병 환자 6만여 명의 피와 땀과 눈물에 의해 조성되었고
한다.

공원 한쪽에는 질병에서 해방되기를 간절히 염원했던 한센인
들의 소망이 서려 있는 '구나탑'이 있다. 미카엘 천사가 한센균을
박멸하는 모습을 형상화한 조각상이 우뚝 솟아 있는 탑이다. 구
나탑은 병원 운영비의 대부분을 전쟁 비용으로 상납했던 터라
필요로 하는 500여 동의 건물을 짓기 위해 질병으로 고통받는
환자들을 강제 동원해 벽돌을 찍게 하고 각종 노역을 시켰는데,
이들의 영혼을 위로하기 위해 공원이 조성된 후에 세워졌다고
한다. 날개를 활짝 펴고 서 있는 천사를 위에 두고 세워진 탑 하
단에 그들의 절절한 염원이 담긴 '한센병은 낫는다'라는 문구가
선명한 '구나탑'이 정원의 아름다운 모습과 묘한 부조화를 이루
며 오늘을 살아가는 이들에게 지난날의 아픈 과거 위에 현재가
있다는 메시지를 던져 주고 있는 것은 아닌지 모른다.

이곳 국립소록도병원은 1916년 일본인들에 의해 자혜의원이
라는 이름으로 설립되었으며 그 후 국립소록도갱생원(1934년),
국립소록도병원(1982년)으로 명칭이 바뀌어 오늘에 이르고 있
다. 해설사의 해설에 의하면 일제 강점기 시대였던 당시 일본 통
치자들이 신의 후손이 통치하는 나라에 천형을 받아 더러운 병
을 앓고 있는 이들을 나라의 이곳저곳에 살게 할 수 없다는 이유

로 흩어져 있는 한센인을 모아 탈출이 어려운 오지인 이 섬에 감금하기 위해 세웠다고 한다. 설립의 취지가 불손했으니 인간의 존엄성이 말살될 수밖에 없었는지도 모른다.

한센병이란 어떤 병인가. 대한전염병협회의 발표에 의하면 전염예방법상 가장 낮은 단계인 3급 전염병으로 일반인의 95% 이상이 자연 항체를 가지고 있다고 한다. 병의 전염은 환자와의 신체접촉에 의해 감염되며 초기에 치료하면 99.9%가 완치되는 병이나, 치료의 시기를 놓치면 말초신경을 마비시켜 신체 일부분이 훼손되는 징후를 남기는 병이다. 이곳 소록도를 비롯해 전국에 흩어져 있는 88개 정착촌에 살고 있는 2세들 가운데 한센병에 전염된 환자는 한 명도 없다고 한다.

환자라는 이유로 인권의 사각지대에서 온갖 박해에 시달리며 한으로 점철된 삶을 살아온 이들의 눈물로 얼룩진 섬 소록도. 소록도 100년의 역사를 돌아보며 내 안에, 우리 안에 존재하고 있는 편견과 무지함에서 벗어나 포용과 상생이 공존하는 세상이 되었으면 하는 바람이다.

그대를 만나 행복했습니다

　왕이시여! 나는 오늘 그대를 만나 행복했습니다. 비가 부슬부슬 내리는 초여름 날 그대를 만나러 공주박물관으로 갔습니다. 그대는 백제의 25대 왕이면서 나라의 번영과 왕권 강화를 위해 힘쓴 왕이라고 역사는 말합니다. 그런데 어떤 이유에서인가, 이곳 왕릉원에 모셔져 있는 다른 역대 왕들과 달리 그대가 영면하고 있는 곳은 찾을 수 없었는데 그대 사후 1500년이라는 오랜 세월이 지난 후 1971년에야 발굴되었다고 알고 있습니다. 그것도 아주 우연한 일에 의해서지요. 공주시 웅진동(전 송산리)에 있는 왕릉원 고분 중 하나인 5, 6호의 배수 공사를 하던 중 발견되어 그대는 우리에게 왔고 그곳에 있던 유물들을 이곳 공주박물관에 보관하게 되므로 오늘 우리가 볼 수 있게 된 것이지요.
　세상사는 참 알 수 없는 일인 것 같습니다. 만약 송산리 고분 5.6호가 물이 새지 않아 보수공사를 하지 않았다면 우리는 백제의 역대 왕 중에 무령왕이라고 하는 왕이 있었다는 것밖에는 별로 알지 못했을 것이고 오늘 이렇게 그대의 발자취를 더듬어 볼 수 없었을 것이니 말입니다.

이제부터 차근차근 그대의 발자취를 더듬어 보려 합니다. 박물관 입구를 가기 위해 돌 계단을 걸어 올라가니 입구에서 얼마 떨어지지 않은 중앙에 그대의 모습이 새겨져 있는 반신상과 그대가 잠들어 있는 곳에서 출토된 '진묘수', 돌판으로 되어 있는 '매지권'이라는 것이 우리 일행을 맞이해주었습니다. 우선 왕이신 그대의 당당하면서도 후덕해 보이는 모습에 푸근함을 느꼈습니다. 이 반신상은 역사적인 사료에 따라 치밀한 고증을 거쳐 왕의 생전 모습과 흡사하게 만들었다고 합니다. 기골이 장대하면서도 온유해 보이는 모습을 대하면서 함께 간 우리 자매들끼리 우리 아버지를 닮았다며 웃었습니다.

특별히 돌판에 새겨진 '매지권'이라는 것에 눈길이 갔습니다. 한자로 쓰인 돌판의 글자의 뜻을 생각해 볼 때 무슨 토지문서인 것 같은데 이것이 왜 왕의 무덤에서 나왔을까 의아했습니다. 그런데 한글로 쓰인 내용을 읽는 순간 깜짝 놀랐습니다. 매지권은 왕과 왕비 두 분의 것이었는데 내용을 읽어보니 그 내용인즉 묘지가 된 이 땅을 당시 화폐 단위인 1만 문을 주고 사서 묘지로 사용했다는 내용이 명시되어 있었습니다. 이 부분이 내게는 신선한 충격이었습니다. 무령왕 당신께서는 그대가 사후에 묻힐 땅을 지신地神에게 예를 갖춰 돈을 주고 샀다는 사실이 왜 그렇게 감동적이었는지 모르겠습니다. 그건 아마도 살아가면서 과거 역사의 흔적들을 보거나 이 시대의 부조리하고 혼탁한 단면들을 보고 들은 것에 회의를 느꼈던 터라 그랬던 것 같습니다.

박물관 안에 들어서서 묘실에서 출토된 유물들을 보면서 놀랐습니다. 왕릉에서 출토된 유물은 총 5,200여 점에 달한다고 하며 현재 박물관에는 국보로 지정된 유물 12점과 사료가치가 높은 유물들이 전시되어 있었습니다. 전시된 유물 중 금속공예품의 정교한 아름다움에 매료되었습니다. 국보로 지정된 왕관, 왕비의 각종 장식품, 은 장식품 등 지금 그대로 사용해도 전혀 무리가 없는 금 세공품이었습니다. 문득 문화건 예술이건 모든 분야에 있어서 진정한 창조는 없다는, 모든 것은 모방에서부터 시작된다는 말이 떠올랐습니다.

또 그 화려하고 정교함에 놀랐습니다. 통상 우리가 알기로는 삼국시대의 문화를 이야기할 때 신라 문화는 화려하면서도 정교하며 우수하다 하고 백제문화는 소박하고 서민적이라 하는데 이곳에 전시된 것들은 신라 문화에 버금가는 그 세련됨과 아름다움에 놀라지 않을 수 없었습니다.

이런 아름답고 세련된 유물들이 마음을 움직이기도 했지만,

당시 그들이 사용했던 생활용품을 보며 엄청난 세월의 편차를 뛰어넘을 수 있는 묘한 동질감을 느꼈다면 지나친 표현일까요. 그중 하나가 숟가락과 젓가락이었습니다. 지금 우리가 사용하는 것과 너무 똑같아서 놀랐습니다. 당시 사용하던 것은 손잡이가 좀 넓은 편이라 사용하기에 불편했으리라는 생각은 들었지만, 그것을 보면서 아. 그들과 우리는 같은 민족이라는 당연한 사실에 감동했습니다.

또 다른 하나는 양직공도라는 외교문서였습니다. 이곳 박물관의 한쪽 벽에는 두 장의 그림으로 된 특이한 것이 걸려있어 눈길을 끌었습니다. 알 수 없는 글귀가 적혀 있는 것으로 보아 어떤 문서가 틀림없어 보였습니다. 알고 보니 이 문서는 중국 남북조 시대의 나라 중 하나인 양나라에서 제작된 것으로 조공을 바치러 왔던 나라의 사신들을 그린 그림이었습니다. 중요한 것은 양직공도라는 이 그림 속에 백제인이 있다는 사실이고 문서를 통해 그 당시 무령왕은 이미 세계를 향한 무역을 꿈꿨다는 사실입니다. 당시 백제는 양나라에 조공을 바쳐야 하는 관계였지만 양나라는 32개국과 교역을 하고 있었으며 그중에 백제도 들어 있었다고 하니 대단한 일 아닙니까.

그대의 묘실이 그것을 증명해 주고 있었습니다. 왕릉원에 있는 백제 왕들의 묘실 행태는 굴을 파서 만든 석실묘가 주를 이루고 있는데 왕이시여! 당신의 묘실의 벽면은 붉은색이 감도는 벽돌로 만들어졌다는 것은 그대가 타국의 문물을 받아들이려는 미래지향적인 정치적 성향을 반영하는 것이라고 들었습니다.

왕이시여! 당신 사후 1500여 년의 시공을 뛰어넘어 이 시대에 오시어 우리를 만나주셔서 고맙습니다. 그것도 묘실이 축조되면서 껴묻거리를 통해 함께 묻힌 유물들이 하나도 도굴되지 않은 채 남아 있어 오늘을 살아가는 이들에게 백제의 문화와 우리 동족의 삶의 모습을 알게 해 주셔서 고맙습니다. '매지권'이라는 왕의 지하 토지 매입문서를 통해 이 시대를 이끌어가는 이들에게 일갈해주심에 고맙습니다.

국보 제161호인 청동거울에 새겨진 글귀가 마음을 붙잡습니다.

상방에서 만든 거울은 참 좋아서 옛날 신선들이 늙지 않았다/ 목이 마르면 옥천의 물을 떠다 마시고/ 배가 고프면 대추를 먹으며/ 쇠나 돌같이 긴 생명을 누렸다.

위 글을 보며 생각했습니다. 청빈한, 소박한 삶을 살면 긴 생명을 누릴 수 있다며 그리 살라는 전언인 것 같아서 말입니다.

왕이시여! 세세토록 평안히 영면하소서.

*껴묻거리: 죽은 사람을 매장할 때 함께 넣는 물품

노근리에 가다

 반세기를 훌쩍 넘었음에도 상흔은 여전히 선명하다. 아직도 쌍굴다리 벽면에는 수많은 크고 작은 총탄 자국이 남아 있어 당시의 참혹했던 상황을 연상케 한다. 검푸른 콘크리트에 돋아난 검버섯과 다리 밑의 음습한 모습에서 무차별한 총격으로 죽음의 공포에 몸서리치며 목숨을 잃어야만 했던 이들의 절규가 들리는 듯하다.

 여름의 끝자락이라고는 하지만 여전히 무더위가 기승을 부리는 날 전쟁이 남겨준 엄청난 상흔이 남아 있는 역사의 현장을 보기 위해 이곳에 와 쌍굴다리를 마주하고 있다. 언론매체를 통해 보고 들었을 뿐인 현장을 직접 보니 막연하게 느꼈던 부분들이 절실하게 다가온다.

 이미 알고 있는 사건이지만 오마이뉴스에 기재되었던 피해자

중의 한 사람인 '양해찬' 씨의 증언 내용을 통해 다시 회고해 본다. 충북 영동 이곳 노근리 양민학살사건은 6·25전쟁 당시 벌어졌으며 전쟁이 발발한 지 한 달째 되는 날인 1950년 7월 25일부터 7월 29일 사이에 있었던 사건으로, 미군 상부의 그릇된 판단으로 400(700여 명에 가깝다는 증언도 있었음)여 명의 양민이 희생된 사건이다.

사건의 발생 동기는 1950년 6월 25일 북한의 남침이 있었던 당시 인민군이 대전과 영동까지 밀고 들어왔고 영동군 임계리에 도착해 있던 미군들은 북한군의 이동을 막기 위해, 옛날 유생들이 과거를 보러 다니던 작은 오솔길이 지적도상에 큰길로 잘못 표기되어있는 것을 모르고 차가 다니는 도로로 착각해 대전차 지뢰를 가득 묻었던 것이 원인이 되었다고 한다.

지뢰를 묻고 마을로 내려와 보니 때마침 마을에는 대전과 영동 등지에서 피난 온 피난민과 주민들을 포함해 700여 명이 있는지라 민간인들을 대피시켜야겠다는 생각에 주민들을 노근리로 이동시켰다. 그런데 설상가상으로 미군 1개 부대가 북한군에 의해 대전과 영동 사이에서 패하고 말았는데 패하게 된 원인이 민간인 복장을 한 인민군이 숨어들어서였다는 잘못된 정보를 듣게 되었다. 미군 상부에서는 피난민들 속에서 북한군을 색출한다는 것은 불가능하다는 판단이 내려졌고 피난민은 "구호의 대상이 아닌 군사적 측면에서 대처해야 한다."라는 결론을 내린 상부의 한 지휘관이 총격을 가해도 좋다는 어처구니없는 명령을 내리므로 벌어진 사건이라고 한다. 이 사건으로 하여 수많은 양민이 희생되었고 쌍굴다리 벽면의 총탄 자국들은 학살을 위해 쏜 것이기도 하지만 차마 다리 안의 사람들을 향해 총을 쏠 수 없어 벽면을 향해 쏜 자국들도 많다고 한다. 당시 미군은 전시 중이라 해도 "절대 민간인을 해쳐서는 안 된다."는 준엄한 법을 어겼고 그에 의해 수많은 양민이 희생되는 결과를 남기고 말았다.

그의 증언에 의한 당시의 참상 중에 유달리 가슴에 남는 한 사건이 있다. 굴다리 안에 출산을 앞둔 임산부가 있었는데 여인은 총격에 놀라 아기를 출산한 뒤 젖을 먹이다가 총에 맞아 사망하고 말았다. 엄마를 잃은 아이는 배가 고파 울 수밖에 없었고 인기척만 있어도 총격을 가하는 바람에 이성을 잃은 굴다리 안의 사람들은 우는 아이를 내다 버리라며 아우성을 치는 통에 아이의 아버지는 옆 하천에 아이를 던져 버린 후 정신이 온전치 못하게 되어 밖을 서성대다 총에 맞아 죽었다고 한다. 상황이 얼마나 절박했으면 어린 생명을 버리라고 아우성칠 수밖에 없을 정도로 반인륜적인 행동을 했을까. 그의 증언에 의하면 700여 명의 피난민 중 절반은 철로 위에서, 남은 이들은 쌍굴다리 안에서 사망했고 살아남은 사람은 불과 20여 명 정도였다고 하니 당시의 참상이 얼마나 참혹했을지는 미루어 짐작할 수 있다.

6·25전쟁은 씻을 수 없는 상처를 남기고 말았다. 노근리 사건의 발단도 근본 원인은 6·25가 불러온 참상 중의 하나다. 그 후 수십여 년이 지나도록 여러 가지 이유에서 깊이 묻혀 있던 사건이었는데 진상을 밝히려는 이들의 노력으로 드러나기 시작해 오늘에 이르렀지만, 아직도 해결되지 않은 문제들이 많이 있는 것으로 알고 있다.

지금은 상처를 아물게 하기 위한 노력이 다방면으로 진행되고 있다. 참사의 현장이었던 노근리 쌍굴다리를 중심으로 노근리 역사공원과 노근리 평화공원이 조성되어 있으며 쌍굴다리는 2003년 6월 30일 대한민국 등록문화재로 지정되었다.

오늘을 살아가는 이들이나 후세의 사람들은 당시의 상황을 어떻게 받아들여야 할까. 우선 모든 역사적 진실이 가감 없이 밝혀져야 할 것이고 올바른 이해를 통해 바른 국가관을 가져야 하지 않을까 싶다. 아울러 사건의 피해자들이 상처의 아픔을 딛고 일어서서 상처에 새살이 돋을 수 있도록 다방면으로 노력해야 할 일이다. 상황을 만들어 낸 대상자는 호도할 수 없는 역사적인 진실 앞에 겸허히 서서 그들로 인해 비롯된 상처를 치유해 주기 위해 최선을 다해야 할 것이다.

때 이른 코스모스가 평화공원 주변에 곱다. 아픈 역사를 잊지 말아야 한다는 뜻에서일까. 잔디가 곱게 깔린 공원에 당시의 상황을 형상화한 조형물들이 세워져 있다. 그중에도 아기를 포기해야만 했던 상황을 상징하는 흉상이 발길을 붙든다.

아직도 지구상에는 크고 작은 이념전쟁이 끊이지 않고 있다. 전쟁으로 해 삶의 터전이 사라지고 죽음과 공포의 부르짖음이 들려오고 있다. 이런 모든 것들이 사라지고 온 천지에 평화의 물결이 일기를 소망한다.

그건 은총이었습니다

또다시 봄입니다. 내게 허락된 수많은 봄날이 가고 인생의 사계四季 중 깊은 겨울의 중심에서 또 한 번의 봄을 맞습니다. 메마른 가지에 물이 오르고 언 땅을 비집고 돋아나 여린 꽃을 피워내는 들꽃들을 보노라니 닫혔던 마음의 빗장이 헐거워지기 시작합니다. 자연의 순리에 따라 차츰 물기를 잃어가는 내 영혼에도 아직은 감성이 남아 있어 내 심령을 흔들어 대는구나, 생각하니 당신께 고맙습니다.

우리네 삶을 자연의 사계에 비유한다면 나는 지금 겨울의 중심에 서 있습니다. 내게 허락된 사계 중 심고 가꾸어 열매를 맺는 뜨거웠던 날들은 이미 세월의 뒤안길로 사라져 갔습니다. 심고 가꾸고 열매 맺는 봄 여름 가을을 살아내는 동안 성숙의 함성으로 충만한 날들도 많았지만 세차게 쏟아지는 소낙비와 우레를

피할 수 없어 안간힘 했던 날들이 더 많았던 것 같습니다. 치열했던 젊은 날의 뒷면을 보면 상처의 흔적들이 참 많은 것 같습니다. 그럼에도 긴 터널을 빠져나올 수 있었던 것은 오로지 당신의 은총이었음을 깨닫습니다.

너무 힘이 들어 주저앉고 싶어질 때면 이런 말씀으로 저를 일으켜 주셨지요.

아무것도 염려하지 말고 다만 모든 일에 기도와 간구로 너희 구할 것을 감사함으로 하나님께 아뢰라. 그리하면 모든 지각에 뛰어난 하나님의 평강이 그리스도 예수 안에서 너의 마음과 생각을 지키시리라.

-빌립보서 4장 6~7절

여호와는 나의 목자시니 내게 부족함이 없으리로다. 그가 나를 푸른 초장에 누이시며 쉴만한 물가로 인도하시는 도다. 내 영혼을 소생시키고 자기 이름을 위하여 의의 길로 인도하시는 도다. 내가 사망의 음침한 골짜기로 다닐지라도 해를 두려워하지 않을 것은 주께서 항상 나와 함께 하심이라. 주의 지팡이와 막대기가 나를 안위하시나이다.

-시편23편 1~4절

수많은 날을 살아내는 동안 힘들고 어려웠을 때뿐만 아니라 환희의 순간에도 당신의 세미한 음성은 내 심령의 문을 두드리시면서 때로는 아주 조용한 미소로, 때로는 불같은 뇌성으로 내 안에 임하셨음을 기억합니다.

이제 세월이 이만큼 흘러 겨울의 중심에 와서야 구할 때 응답하지 않으셨던 것도, 때로는 절대적인 고독에 머물게 하셨던 것도 당신의 사랑이었다는 것을 깨닫습니다. 어느 때에는 그냥 분주하게 세상의 이 골목 저 골목을 기웃대고 다니다가 내가 과연 포도나무인 당신께 붙어 있는 가지가 맞나 싶어 화들짝 놀라기도 여러 번이었습니다. 그러나 생성과 소멸을 통해 이어지는 자연의 신비로움에, 불가사의한 생로병사의 과정을 지켜보며 생명의 근원이 당신께 있고 당신이 생명의 주관자 되심에 순간순간 무릎 꿇으며 나는 당신의 사람임을 깨닫습니다.

어느샌가 내게 시린 겨울이 찾아오고 말았습니다. 그것도 지금은 겨울의 끝자락에 서 있습니다. 아직도 마음은 지난 봄여름 사이를 서성이고 있는데 말입니다. 얼마 전에는 갈바람을 타고 스미는 들꽃 향기에 취해 마음은 꿈속을 넘나들었고 백화점 쇼 윈도우에 걸려있는 보랏빛 실크 원피스에 마음을 빼앗겨 한참을 서성였으니 어찌하면 좋을까요.

그러나 한편으로는 이런 생각도 해 봅니다. 어쩌면 무채색일 수도 있는 내 삶 속에 아직도 당신께서 그려가야 할 수채화 한 폭쯤은 남아 있어서 이 설렘을 붙들어 두시는 것은 아닐까 하고요. 이제부터는 몸을 따라와 주지 않는 마음을 억지로 불러들이려 하지 않겠습니다. 그리고 지워버리고 싶어 몸살을 앓았던 지난날 벌레 먹은 흔적들도 보듬고 가겠습니다. 적어도 그 흔적들은 온 힘을 다해 살아낸 내 젊은 날의 모습이기도 하니까요.

나를 사랑하는 당신께서는 잘 아시지요. 내가 얼마나 눈물이 많고 작은 일에도 잘 감동하며, 해 질 녘 산언덕 너머에서부터 붉게 타오르는 저녁노을을 얼마나 사랑하는지도요.

이런 소소한 것들을 소중히 여길 줄 아는 마음을 주신 것도, 아직도 꿈을 꿀 수 있게 하시는 것도 당신의 은총임을 깨닫습니다. 생명이 있는 한 당신의 은총에 감사할 것입니다.

송보영 수필집

아름다운
순환